THÉATRE

DE

Léon Duvauchel

DU MÊME AUTEUR

LE MÉDAILLON. Poésies. — (Librairie des Bibliophiles.)

LE CHAPEAU BLEU, Un acte en vers. (Th. Cluny.) — (Tresse.)

LA CLÉ DES CHAMPS. Poésies. Avec 4 eaux-fortes par Rapin, Saintin et Scott. — (Lemerre.)

JOSEPH BARA, *son histoire et sa légende*. Brochure. (Souscription du Ministère de l'Instruction publique.)

LA MOUSSIÈRE, *roman forestier*. — (Lemerre.)

LE TOURBIER, *mœurs picardes*. Roman. (Dessin de Puvis de Chavannes.) — (Savine.)

LE LIVRE D'UN FORESTIER. Prose et vers, avec cinq reproductions de fusains. — (Savine.)

CHEZ NOUS, *paysages de France*. Prose et vers. — (Lemerre.)

M'ZELLE. Roman. (Médaille d'honneur de la Société d'Encouragement au Bien, souscription du Ministère de l'Instruction publique.) — (Lemerre.)

L'HORTILLONNE, *mœurs picardes*. Roman. — (Lemerre.)

POUR MON PAYS. Trois poèmes d'inauguration. — (Lemerre.)

LES HORIZONS DE PARIS. Prose. (Couverture d'Henri Boutet.) — (Société libre d'éditions.)

POÈMES DE PICARDIE. (Couronné par l'Académie française, souscription du Ministère de l'Instruction publique.) — (Maisonneuve.)

POÉSIES (1869-1902). *Le Médaillon. — Le Coffret. — Les Étreintes. — Les Sourires. — La Clé des Champs. — Pour mon Pays. — Poèmes de Picardie. — Les Faines*. Avec portrait. — (Lemerre.)

THÉATRE

DE

Léon Duvauchel

Jean Sauvegrain.

Le Chapeau bleu. — *Mademoiselle Molière.*

L'Absente.

PARIS

ALPHONSE LEMERRE, ÉDITEUR

23-33, PASSAGE CHOISEUL, 23-33

M DCCCCVIII

Jean Sauvegrain

DRAME EN VERS EN CINQ ACTES

PERSONNAGES

JEAN, dit SAUVEGRAIN, 28 ans.

RAOUL DE PONT-RIEUX, capitaine d'une compagnie de cavalerie irrégulière, 35 ans.

PIERRE COURTIN, membre du Parlement de Paris, 55 ans.

M. HAMON, médecin de Port-Royal-des-Champs, 63 ans.

ROBERT ARNAULT D'ANDILLY, l'un des solitaires des Granges, 55 ans.

RÉGNIER,
LE HOUX,
GRAND-PIERRE, } paysans de Milon.
RENAUD,

UN MEUNIER.

UN BERGER.

UN COLPORTEUR.

UN COCHER.

ISABELLE, 22 ans.

GILONNE, paysanne picarde, 42 ans.

LA DUCHESSE DE CHEVREUSE, 52 ans.

LA RENAUDE, paysanne, 25 ans.

ROBINE, paysanne, 18 ans.

UNE CAMÉRISTE.

PAYSANS, PAYSANNES, ENFANTS, DOMESTIQUES.

Pendant la seconde Fronde : septembre, octobre 1652 et août 1653.

Jean Sauvegrain

ACTE PREMIER

Les Misères de la Guerre

Le hameau de Milon-la-Chapelle, dans le Hurepoix, entre Chevreuse et Port-Royal-des-Champs. — Désolation, ruines. — Les troupes des partis adverses, durant les deux Frondes, ont passé par là ! — A droite, la chaumière de Jean. — Au fond, la route de Port-Royal traverse le théâtre; plus loin, une colline boisée monte jusqu'au plateau de la Madeleine. — Au milieu, un calvaire de pierre dont la croix est mutilée, élevé de quelques marches. — Sur le sol, instruments et outils aratoires brisés : charrettes et charrues aux roues absentes, aux essieux faussés. Meules de blé portant des traces d'incendie récent. — Tableau à la Callot.

SCÈNE PREMIÈRE

RÉGNIER et LE HOUX.

RÉGNIER, *assis au coin de la marche inférieure du calvaire, répare le fer d'une faux qu'il appuie sur une petite enclume fichée en terre. Il chante mélancoliquement :*

« Quand Jean Renaud de guerre s'en revint,
   « Tenant ses tripes dans sa main...

LE HOUX, *arrivant derrière lui.*

Courage, Régnier!... Tiens! tu bats encor ta faux?

RÉGNIER, *acharné à sa besogne.*

Ce satané faux-fil!

LE HOUX.

Songer à ses travaux,
A quoi bon?... Tu n'as plus à tondre ta prairie:
Le regain est foulé par la cavalerie,
Par les coureurs, partout pillant, incendiant.
Laisse là tes outils et fais-toi mendiant:
C'est plus sûr.

RÉGNIER.

Oui, parbleu! la mort arrache et fauche.
Le sang des campagnards la pousse à la débauche.
Depuis notre feu roi Louis Treize, les maux
Ont tombé dru sur l'homme et sur les animaux.
Toujours la guerre!

LE HOUX.

A qui la faute?... A la régence
Et sa clique...

RÉGNIER.

Les gros fermiers, dans l'indigence,
Tremblant de peur devant les gens des deux partis,
Se terrent dans les trous où les leurs sont blottis.
Vois-tu, si Dieu, prenant en pitié nos déboires,
Donnait enfin à ceux du roi quelques victoires,
S'il se lassait de voir le bon peuple accablé,
L'on fanerait son herbe et l'on moudrait son blé...
Quel mal, en attendant, que notre faux s'aiguise?

Il se lève et emmanche la faux.

LE HOUX.

C'est vrai, tu tiens pour ceux de la Cour!... A ta guise!
Je serais bien trompé s'ils avaient le dessus.
Leurs projets, les frondeurs princiers les ont déçus.
Car, tu sais, maintenant, c'est la cause des Princes
Qui poursuit de brandons fournis par les provinces
La reine espagnole et le prêtre italien.

RÉGNIER.

Moi, je sais que je souffre et je n'y comprends rien.

LE HOUX.

C'est pour des étrangers, la graine que tu sèmes.
Plus d'étrangers chez nous! Gouvernons-nous nous-mêmes.

RÉGNIER.

S'ils sont le droit et s'ils nous ramènent la paix?

LE HOUX.

Laisse un peu : les Lorrains nous l'apportent.

RÉGNIER.

Jamais!

LE HOUX.

Jamais?... Crois-tu que ta madame Anne d'Autriche,
Qui de mots tout au miel ne se montre pas chiche,
Ne préfère au bonheur du pays ses amants,
Son cardinal romain, tout le premier?

RÉGNIER.

Tu mens! —
Oui, parlons-en, ma foi, de ton duc de Lorraine
Et de tous les seigneurs révoltés qu'il entraîne,
Ne songeant qu'à leur coffre à nos propres dépens!
Eux des sauveurs pour nous?... Dis donc : des chenapans.

1.

LE HOUX.

Tu n'es qu'un malotru, Régnier!... Est-ce une insulte?

RÉGNIER.

C'est ce qu'il te plaira, butor!... Je te consulte.

LE HOUX, *relevant ses manches.*

Mon avis, c'est qu'on peut régler ça, promptement.

RÉGNIER, *même jeu, menaçant.*

J'en suis!... Vive le roi!... Vive le Parlement!

> *Monsieur Hamon se montre au fond et se retire sans être remarqué par eux.*

LE HOUX.

Ton arme? — Un goupillon, sans doute?

RÉGNIER.

Et toi?... la fronde?

LE HOUX, *s'avançant.*

Attention!

RÉGNIER, *se préparant.*

Mon vieux, ma poigne est lourde et ronde :
Un boulet!... Tu vas voir comme on brise le houx.

LE HOUX.

Viens! — Qui s'y frotte...

> *Au moment où ils vont lutter, monsieur Hamon intervient, les sépare, leur imposant les mains.*

SCÈNE II

RÉGNIER, LE HOUX, MONSIEUR HAMON.

MONSIEUR HAMON.

> Amis, la paix soit avec vous!

LE HOUX, *à Régnier.*

Le médecin!

RÉGNIER, *à Le Houx.*

> Il vient, pour sûr, de l'abbaye.

LE HOUX, *à monsieur Hamon. Profond salut.*

Que votre volonté par nous soit obéie,
Monsieur Hamon!

RÉGNIER, *à Le Houx, lui tendant la main.*

> La trêve est faite.

LE HOUX, *même jeu.*

> > C'est signé.

MONSIEUR HAMON.

A la bonne heure!... J'ai surpris, tout indigné,
Vos débats, de ce saule où je liais mon âne.
Oublions Mazarin, les ducs et la reine Anne!

LE HOUX.

Il soutenait!...

RÉGNIER.

> Comment!... C'est toi qui, tout d'abord...

MONSIEUR HAMON.

Tout beau !... Sur certain point, tous trois tombons d'accord.
C'est le tort qu'en ces jours où tout calme est précaire,
Aux hommes de repos font les hommes de guerre.
Pour ne plus redouter l'affront des spadassins,
Venez à nous. — Ainsi la poule, ses poussins,
Nous vous abriterons. — Vous ferez les vendanges
A Vaumurier, à Port-Royal ou bien aux Granges.

LE HOUX.

Certes, l'on est bon pour le monde, à Port-Royal.
A tous, vous nous versez un puissant cordial.
Moi, tenez, au printemps dernier, monsieur le Maître
M'a sauvé des sergents et de la hart, peut-être.

RÉGNIER.

Ma fille se mourait... les fièvres !... J'étais veuf...
Vous me l'avez rendue.

LE HOUX.

    Et ma vigne !

RÉGNIER.

           Et mon bœuf !

LE HOUX.

Comment vous savoir gré de ce soin salutaire ?

MONSIEUR HAMON, *geste d'humilité.*

Il germe au ciel, le peu de bien semé sur terre !

RÉGNIER.

Malgré notre ignorance, oh ! nous nous souvenons,
Et chaque enfant apprend à prononcer vos noms.

Mais au couvent, déjà très encombré lui-même,
Nous serions une charge, un embarras extrême.

MONSIEUR HAMON.

Le manteau, par le vent de l'orage entr'ouvert,
Réchauffe encor son homme et le tient à couvert.

LE HOUX.

Pas moins, voilà tantôt cinq ans que cela dure,
Que l'orage nous force à coucher sur la dure,
Que des troubles civils nous portons tout le poids.
Que monsieur de Condé coure le Hurepoix;
Que monsieur de Turenne, ailleurs, campe ou décampe;
Qu'on se batte à Corbeil ou qu'on assiège Étampe,
Qui donc est-ce qui doit payer les pots cassés?
C'est nous, toujours!

RÉGNIER.

                    Hélas! ce n'était pas assez
Des maraudeurs frappant les femmes, les malades,
Nous nombrant leurs méfaits par mille estafilades:
Le Grand Pierre — l'aîné de la mère Dupré —
A vu plus d'un corps mort, mal ou point enterré,
Dévoré par les loups, là-bas, vers Chamarande.
La peste nous revient, et sa première offrande,
C'est une odeur infecte empoisonnant les airs.

LE HOUX.

Il paraît qu'Antony, qu'Arpajon sont déserts.

RÉGNIER.

Tous ceux de Palaiseau fuient vers Paris, farouches,
Hagards.

LE HOUX.

Partout, les gens tombent comme des mouches.

RÉGNIER.

Que quelqu'un se dévoue. Il faudrait s'insurger,
Le Français agissant en France en étranger?

LE HOUX.

A quoi bon?... Il n'est plus ni foyer ni patrie
Pour nous, les besogneux, pris dans cette tuerie!
C'est la fin!... Autant vaut crever. C'est bien permis.

MONSIEUR HAMON.

Seigneur! vous l'entendez!... O mes pauvres amis,
J'ose vous dire, moi qui sais votre souffrance :
Ne désespérez pas de vous, ni de la France!
Les malheurs du prochain ne peuvent nous guérir;
Mais il est, songez-y, plus d'un autre martyr :
Des êtres demi-nus, rampant le long des haies,
Bétail humain, nourri d'herbe et de quelques baies;
Des villages n'offrant que d'informes débris,
Plus navrants qu'en nos chers environs de Paris.
Du moins, un pauvre prêtre, âme quasi divine,
Monsieur Vincent de Paul, les cherche, les devine,
Ces mille infortunés qu'il secourt à propos.
Lui qui fut moins que vous : un gardeur de troupeaux,
Volontaire aumônier des misères publiques,
Il groupe autour de lui bien des cœurs héroïques.

LE HOUX.

Ah! qu'il surgisse un homme en son genre, chez nous,
Et je rentre dans l'ordre, et je tombe à genoux!...

Un qui nous défendrait d'abord, barrant la route
Au torrent...

RÉGNIER, *après un temps de réflexion.*

L'un de nous, peut-être ? — Tiens ! écoute :
Tu connais Jean ?

LE HOUX, *montrant la maison à droite.*

Le Jean d'ici ?

RÉGNIER.

Jean-de-la-Croix,
Ou Jean-sans-nom, plutôt.

LE HOUX.

Ton voisin.

MONSIEUR HAMON.

Je lui crois
Les vertus que chacun, parmi vous, énumère :
Humble champi, n'ayant connu père ni mère,
A la cure, au couvent gardé par charité,
Sans nul bien au soleil dont il ait hérité,
Économe, esprit ferme, il va droit dans la vie.

RÉGNIER.

Un beau mâle ! Il s'est fait un sort que l'on envie...
Mieux nippé que syndic ou procureur fiscal...
Et juste !

LE HOUX.

Et sachant lire ! Un cerveau...

RÉGNIER.

Monacal !
C'est notre homme ! — En dépit de tous leurs sorcelages,

Gare aux démons rôdant, la nuit, près des villages!...
L'heure approche de son retour habituel.
Parlons-lui.

LE HOUX.

Soit! car vivre ainsi, c'est trop cruel!

SCÈNE III

LES MÊMES, JEAN. — *Successivement :* GILONNE,
LA RENAUDE, PAYSANS *et* PAYSANNES *aux vête-*
ments en lambeaux, aux figures hâves.

JEAN, *s'épongeant le front et jetant sur le banc, placé devant*
sa maison, le vêtement qu'il portait sur le bras.

Ouf! le travail est dur : du tuf et de la glaise!

PREMIER PAYSAN, *au fond, faisant signe à un autre.*

Je le guettais. C'est lui qui s'en revient.

GILONNE, *à la Renaude.*

Thérèse,
Le voici.

LA RENAUDE.

Bon! Dis-lui, la Picarde.

DEUXIÈME PAYSAN, *appelant.*

Hé! Renaud!

RÉGNIER, *à Jean.*

Malgré le vent du nord, il paraît qu'il fait chaud
D'où tu viens?

JEAN.

J'ai hersé ma pièce, à Gomberville,
Seul, sans cheval.

LE HOUX.

Herser?... Es-tu donc si tranquille
Pour l'emblaver?

JEAN.

En mars, j'y mettrai du sainfoin.
On ne peut pourtant pas laisser le sol sans soin :
A la Toussaint, mon champ ne serait qu'une ronce,
Qu'un buisson.

MONSIEUR HAMON.

Maître Jean, c'est la bonne réponse!
De même que nos cœurs sous le divin labour,
Que la glèbe s'apprête à recevoir un jour
Le trésor attendu qui doit germer en elle.

GILONNE, *à un paysan.*

Mais l'attente menace, hélas! d'être éternelle.
Et nous ne pouvons pas nous nourrir d'un sermon,
Fût-il d'une Éminence...

LE PAYSAN.

Ou de monsieur Hamon.

JEAN, *affalé sur le banc, aux paysans qui, inquiets, vont et
viennent, sans l'aborder, — se levant.*

Qu'avez-vous donc, avec vos clins d'œil, vos bourrades?
Est-ce à moi que vous en avez, mes camarades?
Voyons, Renaud, Le Houx, Gilonne!...

2

PREMIER PAYSAN.

Ce que j'ai ?

J'ai que mon frère est mort, faute d'avoir mangé.

GILONNE.

On nous jette des sorts, Jean !

JEAN.

Ma pauvre exilée !

DEUXIÈME PAYSAN.

Les moutons de Maillard ont tous la clavelée.

TROISIÈME PAYSAN.

La femme du charron est morte en avortant.

GILONNE.

Deux malheureux de moins sur la terre, pourtant !

LA RENAUDE.

Moi, j'ai dû me livrer à d'étranges cuisines :
J'ai fait une bouillie en broyant des racines.
Il me faut bien donner du lait à mon enfant.
Sur ma poitrine vide il ne dort plus souvent :
Le carême pour lui prolonge tard les jeûnes !

GILONNE.

Ainsi, la louve au bois peut repaître ses jeunes,
Et nous autres, des fronts baptisés, des chrétiens,
Nous en sommes jaloux !... Tu prêches pour les tiens,
Ma commère...

LA RENAUDE.

Tiens, donc !

GILONNE.

        Il s'en faut qu'on s'en plaigne,
Mais nous sommes logés tous à la même enseigne.
On m'a volé le peu de lard de mon saloir.
Les fantassins qui sont passés, hier au soir,
Avec ces marchands juifs tout crasseux et ces filles,
Par plaisir, ont brûlé mes dernières guenilles.

JEAN.

Eh! oui, chacun ici gémit à sa façon.
Dis, Gilonne, sais-tu qui m'a bu ma boisson,
Mon cidre clair de marc et de pommes sauvages?
Que ce soit l'un de vous, oubliant ces ravages,
Je pardonne, s'il est plus disetteux que moi.

LE HOUX.

Toi, parbleu! tu vois tout sans terreur, sans émoi.

MONSIEUR HAMON.

Jean, puisque vous avez sur eux de l'influence,
Entendez-les. Leur sort au vôtre se fiance :
Ils viennent près de vous pour prendre vos avis.

TOUS.

Oui! — Oui!

RÉGNIER.

        Souventes fois nous les avons suivis.
Or, il faut que ce temps d'épreuves ait son terme,
Et qu'on rie au moulin et qu'on danse à la ferme.
L'aventurier, c'est notre exécrable bourreau.
Les impôts qu'il perçoit, sabre hors du fourreau,

Sans droits, sans lois, lâché sur nous par ribambelles,
S'ajoutent aux champarts, aux tailles, aux gabelles.
Mal payé, c'est de nous qu'il vit. Nous, nous mourons,
Dédommagés du mal par des coups d'éperons.

MONSIEUR HAMON.

Quelle armée !... Un ramas d'étrangers, — mercenaires
Que rien n'attache aux vieux chaumes originaires...
Ah ! qu'on nous donne, enfin, de bons, de vrais soldats !

LE HOUX.

Ceux de chez nous, ayant notre âme, ayant nos bras !

RÉGNIER.

Impuissants, à qui nous en prendre ? — C'est à l'homme
Des champs à se raidir sous le faix qui l'assomme,
A défendre son toit, à s'y faire un rempart.
Il faut qu'on ne soit plus victime d'un soudard
Furieux comme un cerf en rut. Il faut qu'on puisse
Dire au mousquetaire ivre ainsi qu'au garde suisse :
Tu ne franchiras point le seuil de mon logis.
Les raisins de mon clos, que l'automne a rougis,
N'iront point, en l'ignoble orgie où tu te vautres,
S'écraser dans des mains teintes du sang des nôtres.
Toi, qu'un grand prise moins qu'un lièvre ou qu'un faisan,
Tu sauras respecter les fils du paysan !

LE HOUX.

Voyons ! dirige-nous.

TOUS.

Oui !

JEAN, *qui est resté absorbé jusqu'ici.*

Mais ils sont la force.

Ils nous tiennent, pareils à l'aubier sous l'écorce,
Serrés, emprisonnés, sans air, sans mouvement.
Se défendre... Oui, c'est là le salut... Mais comment?
Leur Fronde? Un jeu d'enfants, prétendent-ils. Possible!
Mais à ce jeu, c'est nous qui fournissons la cible!

UN PAYSAN.

Du travail pour du pain!

JEAN.

Paris s'émeut aussi,
Les yeux tournés vers nous, son éternel souci:
Nous qui lui préparons chaque jour la pitance.
— Luttons pour deux: sa vie, à lui, c'est l'existence
Pour nous... J'hésitais à m'offrir, moi, pauvre et nu
Comme vous... Maintenant, c'est dit, c'est convenu!
Un pour tous, tous pour un! — Que nos plaines soient sauves
Des pillards effrontés plus que les bêtes fauves.
Mais, du moins, conservons toujours notre sang-froid.
Ne soyons pour Condé ni pour le jeune roi.
Saisis ainsi des deux côtés, fers sur l'enclume,
Lorsque c'est contre nous que la forge s'allume,
Résistons! — Cœurs loyaux, braves et décidés,
Je réponds du succès, si vous me secondez.

TOUS.

Oui! — Vive Jean!

RÉGNIER.

Formons-nous tous en compagnie.

MONSIEUR HAMON.

La guerre, par vos soins, sera bientôt finie.

2.

JEAN.

Dieu le veuille, monsieur Hamon! Nous essaierons!
Donc, vous autres, que l'on coure les environs;
Qu'à Saint-Lambert et qu'au Mesnil on se concentre.

Montrant la croix.

Le rendez-vous, ici. — C'est la guerre du ventre!
A d'aucuns, un mulet, un cheval est resté :
Le brillant escadron de Milon-mal-monté!
Des armes ? — Nous prendrons celles de leurs recrues,
En attendant que nous en forgions des charrues.

RÉGNIER.

On t'obéit. C'est toi notre chef, en ce cas.

LE HOUX, *montrant Régnier.*

Prends-nous tous deux pour tes lieutenants : deux bons gas!

GILONNE, *désignant Jean.*

Jésus-Dieu! Le vaillant Français, foi de Picarde!...
Cependant, je...

UN PAYSAN.

Tais-toi!

JEAN.

        Me voilà chien de garde.
Sentinelle postée aux bornes du terroir,
Écartant de la main le funèbre oiseau noir,
Berger se protégeant rien qu'avec sa houlette,
Je n'estimerai pas que l'œuvre soit complète,
Tant que dans nos vergers fouilleront les dragons,
Tant que les vivandiers empliront leurs fourgons

D'un butin que fournit notre pauvre récolte.
Respect à notre droit sacré. — Pas de révolte !
— Jean-sans-nom, ce troupeau de moutons t'est commis.
— Aidez-moi : nous ferons des merveilles, amis !

MONSIEUR HAMON.

Le géant Goliath en vain menace et gronde :
Vous êtes le David qui maniait la fronde.
Dieu vous entend, ardent jeune homme courageux :
Sa bénédiction ratifiera vos vœux !

GILONNE.

Ainsi soit-il !

LA RENAUDE.

Voilà parler comme les livres.

MONSIEUR HAMON.

Tantôt, nous vous ferons apprêter quelques vivres.
Tout ce que nous pourrons vous donner est à vous.
Vous les distribuerez, ensuite, parmi tous.
Envoyez deux ou trois hommes au monastère.

Jean s'incline. On reconduit monsieur Hamon, qui sort.

SCÈNE IV

LES MÊMES, *moins* MONSIEUR HAMON.

Jean est entouré. On lui serre les mains. Gestes enthousiastes.

LE HOUX.

Capitaine !

GILONNE.

Salut, monsieur le militaire!

JEAN, *avec un geste vers le calvaire.*

Je l'affirme devant le doux crucifié :
Savoir que l'avenir commun m'est confié,
Et le sort menacé de nos moissons prochaines,
Et la glandée où vont germer les jeunes chênes,
Me grandit, m'anoblit à mes yeux. — En effet,
Quelque chose me dit que vous avez bien fait
Et que votre espérance est digne et généreuse.

LA RENAUDE.

Oui, pâle boquillon, oui, maigre laboureuse,
Il nous fera revoir des temps plus argenteux.
Nous n'irons plus heurter, minables, loqueteux,
Les portes des couvents, et, — honte habituelle! —
Tendre ce passe-port des besaciers : l'écuelle!

JEAN.

Peut-être aussi, plus tard, brusquement arrêté
Par l'exemple de notre active fermeté,
La cohorte des grands, pour qui la lutte est bonne,
Choisira des champs clos qui ne soient à personne.

GILONNE.

Oui, nous payons trop cher leur plaisir fort banal
De cacher dans un lit de reine un cardinal!

LE HOUX.

Eh! le voudrais-tu dans le tien, pour te distraire?

GILONNE.

L'insolent! Je voudrais!...

A Jean.

Je t'aime autant qu'un frère :
Écoute... J'ouvre un jour de sortir d'embarras...
Émigrons!... Que la mère emporte entre ses bras
Son enfant; le mari, quelque outil qui lui reste.
Partons!... Éloignons-nous de ce pays funeste.
Là-bas, vers le Midi, l'on rencontre, dit-on,
Sous la paix du soleil, plus d'un riant canton
Où les gens sont toujours joyeux, où la nature
Ne réclame qu'à peine une demi-culture.
Les fleurs, les grains, les fruits devancent leur saison :
Un pays de Cocagne, où tout pousse à foison!...
Ici, le sol ingrat nous trahit et nous lasse.
Le monde est vaste : on peut ailleurs y trouver place!

JEAN.

Gilonne devient fleur, voyez! — un tournesol!

A Gilonne.

Fuir?... Non pas! — Restons-lui fidèles, à ce sol!
C'est l'homme, ce n'est pas le sol qui nous affame.
Loin de ton toit détruit, songes-y, pauvre femme :
Tu crois trouver l'Éden en quittant notre enfer.
Dépaysée, un ciel nouveau te serait cher...
Non, il n'est pas ingrat, ce sol, pas infertile.
Dis, est-ce que la mousse y cache un seul reptile?
Quand donc a-t-il trahi l'effort du moissonneur?
Va, plus rude est la tâche et plus haut est l'honneur!
Mes bras se briseront, s'il faut que je les croise.
Ceux du Nord, ceux qu'a vus peiner la Seine ou l'Oise,
Trouvent le terrain bon, qu'ils foulent, coutumiers
D'enfouir là leurs morts, en guise de fumiers.

Le froment que je coupe à l'époque voulue
N'a pas l'épi moins lourd, ni l'éteule moins drue,
Parce que le soleil ne le mûrit qu'en août.
Nos fruits charment autant le regard et le goût.
Paris, pour qui nous les cueillons, juste à leur heure,
Trouve les pois plus verts et la fraise meilleure...
Donc, avant toute chose, armons-nous de vertu!

RÉGNIER, *admiratif.*

Hein! c'est bien envoyé, Picarde, — qu'en dis-tu?

> *On entend le bruit de l'arrivée de plusieurs personnes, sur la route. Les Milonais vont regarder, en se bousculant.*

SCÈNE V

LES MÊMES, ISABELLE, PIERRE COURTIN,
UNE CAMÉRISTE, UN COCHER, *boitant*, DEUX
PERSONNAGES DE LEUR SUITE.

> *Les nouveaux venus forment un groupe dont les vêtements élégants contrastent avec la mise haillonneuse des villageois.*

JEAN.

Sur la route... des pas... Qu'est-ce donc?

GILONNE, *au fond.*

                                    Une troupe
De gens bien mis... Quel luxe!

LA RENAUDE.

                              Ah! ce gros plein de soupe,
De laquais!

PREMIER PAYSAN.

Et la femme!... On croirait des seigneurs
En partie.

DEUXIÈME PAYSAN.

Un bon temps, pour de tels promeneurs!

UNE FEMME.

Le cortège du roi, Gilonne!

LA RENAUDE.

Tout ça brille
Quasi comme l'or et l'argent!

TROISIÈME PAYSAN.

Ohé! la fille!

LE HOUX.

Ils viennent donc ici pour nous faire un affront?

GILONNE.

Oui, m'est avis.

QUATRIÈME PAYSAN.

C'étant, ils s'en repentiront.
A mort, les exploiteurs du peuple!

GILONNE.

A bas les riches!

Du pain!

PREMIER PAYSAN.

Plus de bétail volé!

DEUXIÈME PAYSAN.

De champs en friches!

JEAN, *essayant vainement de les calmer.*

Paix!... Silence!

> *Tumulte croissant. Au moment où paraissent le parlemen-*
> *taire et ses gens, un homme se baisse, saisit une pierre et*
> *la jette, au hasard, vers le groupe.*

ISABELLE.

Ah!

PIERRE COURTIN.

Blessée?

ISABELLE.

A la main... Ce n'est rien.

> *La camériste la fait asseoir sur le calvaire.*

N'ayez crainte...

LA CAMÉRISTE.

La peur...

ISABELLE.

A présent, je suis bien.

JEAN, *aux siens.*

Quoi! vous autres, voilà la manière sublime
Dont vous exécutez nos projets? — Presque un crime!
Le début est mauvais. C'est moi qui vous le dis.

PIERRE COURTIN, *à sa fille.*

Sommes-nous donc tombés au milieu de bandits?

JEAN.

Gilonne, va chercher de l'eau.

GILONNE, *hésitante.*

Mais...

JEAN.

> Va, te dis-je !

ISABELLE, *à son père.*

Hein ! comme elle obéit ! Cela tient du prodige.

LE COCHER, *désignant Jean, — à la camériste.*

C'est le chef. C'est celui qui doit nous rançonner.

ISABELLE, *qui l'a entendu.*

Le poltron !... Pour otage on va le leur donner.

> *Gilonne revient, sortant de la maison de Jean. Celui-ci lui*
> *montre Isabelle et lui parle bas. Elle détache de son cou*
> *un foulard déchiré, y verse un peu d'eau de la cruche*
> *qu'elle porte et le lie autour de la main de la jeune fille.*
> *— Groupes à droite et à gauche. Isabelle offrant une*
> *bourse.*

ISABELLE.

Merci !... Tenez, voici tout ce que je possède.

GILONNE, *bourrue, repoussant le présent.*

Courtisane !... Allons donc ! Nous, une aumône ?... A l'aide !

JEAN, *à part, regardant Isabelle.*

Quoi donc ! Mon vœu devient ainsi réalité...
La revoir !... C'est elle, oui... Mon cœur a tressauté.

GILONNE, *aux Milonais.*

Laissez-lui ses écus pour payer sa ribote.

> *Ils s'approchent, menaçants.*

ISABELLE, *se levant, pitoyable.*

Les pauvres gens !

LE COCHER, *à la camériste.*

> Elle a refusé !... Quelque sotte !

GILONNE.

C'est pour ce monde-là que nous mourons de faim :
Des officiers royaux portant du linge fin,
Des catins sans pudeur qu'amusent les batailles!...
C'est pour les engraisser qu'on acquitte les tailles!

JEAN.

Gilonne!... Assez!... Voyons! Ce sont des lâchetés!
Vous m'avez pris pour chef : je commande. Écoutez!

*Il écarte les Milonais et s'incline respectueusement devant
Pierre Courtin.*

Monsieur?

ISABELLE, *à part.*

C'est lui!

PIERRE COURTIN.

Monsieur, nous allons à Chevreuse.
Mais la route, là-haut, est mauvaise, est pierreuse.
Et si tous vos chemins sont dans ce désarroi...

JEAN.

Oh! nous n'y risquons pas le plus léger charroi.

PIERRE COURTIN.

Le nom de ce hameau?

ISABELLE.

C'est Milon-la-Chapelle.

A part.

Mon homme de là-bas!...

RÉGNIER, *à Le Houx.*

Si je me la rappelle!
Elle habite à Dampierre, oui.

ISABELLE.

Nous nous connaissons
Un peu, ces gens et moi, fillettes et garçons.

Elle caresse un enfant venu près d'elle.

JEAN, *respectueux.*

En effet, il me semble...

PIERRE COURTIN.

Une secousse atroce
A rompu l'un des deux essieux de mon carrosse.
Langlois, mon vieux laquais, en est estropié.
Le reste du chemin, nous le ferons à pied.

JEAN, *à part.*

Bientôt un an!

PIERRE COURTIN.

Enfant, tout ceci te démontre
Le danger d'être ainsi venue à ma rencontre.

ISABELLE.

Mon père!... Pour vous voir plus tôt... Et vous grondez?
D'ailleurs, je fus utile et je vous ai guidés.

A Jean.

Équipage et chevaux laissés à la Garenne,
Étant presque arrivés, nous prîmes par la plaine,
A travers champs.

JEAN.

C'était s'exposer.

A Pierre Courtin.

Mais comment

Venir ainsi?...

PIERRE COURTIN.

Je suis membre du Parlement.
De prétendus sorciers désolent la campagne,
Criminels que la peur de la roue accompagne,
Qu'on rejette dans l'ombre avec de bons procès.
Or, notre compagnie, émue à ces excès,
Dans votre intérêt propre, a voulu qu'une enquête
S'ouvrît, en attendant que justice fût faite.

GILONNE.

La justice?... Il n'est plus de justice, ici-bas.
Le juge est sourd. Criez à l'aide, il n'entend pas.
Il s'éloigne, troussant sa robe à longue queue.

RÉGNIER.

On avait dit : On doit épargner la banlieue.
Pourtant, voyez : a-t-on assez commis d'horreurs!
Il montre une meule à demi consumée.

LE HOUX.

A bas les parlements!

PLUSIEURS VOIX.

A bas les procureurs!

ISABELLE.

Partons!... Ah! les ingrats! Encore des menaces!

PIERRE COURTIN.

Au contraire! Il convient de se montrer tenaces.
Le devoir...
        Aux paysans.

        A quoi bon des injures, des cris?
Nous ne reculons pas pour si peu, dans Paris.

Et déjà, maintes fois, le Tiers, âme loyale,
Pour le peuple brava l'autorité royale.

JEAN.

Vous n'aurez, je le crains, aucun pouvoir sur eux.
        A Isabelle.
On est parfois méchant quand on est malheureux :
Et nous avons vidé jusqu'au fond le calice.

PIERRE COURTIN.

Ma mission est simple et de bonne police;
Éclairez-nous : les faits dont vous nous instruirez
Permettront de punir ces monstres exécrés.
Et nous verrons cesser toutes ces tragédies :
Les morts promptes, les sorts jetés, les incendies.

JEAN.

Croyez-moi : renoncez, pour quelque temps, du moins,
A recueillir des noms, à citer des témoins,
Monsieur du Parlement. — Notre troupe affolée
Voit rouge... Ou bien plutôt elle est comme aveuglée.
On exagérerait la triste vérité.
Mais ne redoutez rien : vous serez respecté.

        Aux siens.

Conservons nos atouts : le bon droit et le calme.
Un homme vient, ainsi qu'un prêtre offrant la palme,
Essayant d'alléger les maux du genre humain,
Et la rébellion lui barre le chemin!...

        Sur un geste de Gilonne.

C'est vrai... nous ignorions... Cette absurde querelle...
Aux cœurs longtemps meurtris, la peur est naturelle;
Le conseil de la faim est lâche et révoltant...

3.

— Un tel accueil, il faut qu'on l'oublie à l'instant,
Amis ! — Jusqu'au château nous allons faire escorte
A ces messieurs.

Les paysans s'éloignent, refusent.

Je veux qu'on leur prête main-forte !

PIERRE COURTIN.

Non, c'est trop exiger, en vérité. Ces gens
Ont tous à leur foyer des travaux exigeants.

JEAN, *avec un sourire pénible.*

Hélas ! — D'autres que nous vous menacent, sans doute,
D'affronts pareils. Et puis vous feriez fausse route,
Peut-être ?

ISABELLE, *vivement.*

Avec moi ?... Non ! Car je connais assez
Les moindres carrefours, les plus étroits fossés,
Des taillis de Cernay jusqu'au Buisson-de-Trappes.

PIERRE COURTIN.

Diable ! en quelle assurance, à présent, tu te drapes !

JEAN, *à part.*

Ma fière chasseresse !

ISABELLE.

Oh ! j'ai couru souvent
Dans les sentes qui vont des châteaux au couvent.

GILONNE, *radoucie.*

Mademoiselle, alors, si je l'ai bien comprise,
Est comme qui dirait, chez nous, une payse ?

ISABELLE.

Ma foi, presque ! A Dampierre, en effet, bien des jours

Pour moi se sont passés, si rapides, si courts!
— Pardonnez-moi, mon père!

JEAN, à part.

    O magie! — Oui, c'est comme
Un dessin de vitrail...

PIERRE COURTIN.

   Vous êtes un brave homme.
Merci! — Messieurs, allons!

LE HOUX, à Jean qui s'apprête à les accompagner.

     Reste : prends un moment
De répit. — Nous, partons! — Vive le Parlement
De Paris!

  Le parlementaire s'éloigne. Après lui, tous les personnages
  disparaissent. Isabelle et sa suivante restent un peu en
  arrière. Jean s'est assis, pensif, devant sa maison.

ISABELLE.

  Qu'il est beau, de grandeur, de sagesse,
Ce rustre! — Il me faudra narrer à la duchesse...
L'as-tu vu maîtriser ses grossiers compagnons?

LA CAMÉRISTE.

Il se trouble en voyant que nous nous éloignons.

ISABELLE.

Peut-être que les siens ne le soupçonnent guère,
Mais son âme n'est pas d'un paysan vulgaire.

Elles sortent.

SCÈNE VI

JEAN, *seul.*

Et c'est ma fée, en tout l'éclat de ses vingt ans.
Plus fraîche que du miel nouveau, que du printemps,
Elle vient et s'enfuit... Mais la vision blanche
M'ensoleille, ce soir, des splendeurs d'un dimanche.
Parfums d'amour, désirs épars !... Heureux qui doit,
Un jour prochain, tremblant, ému, mettre à son doigt
L'anneau de fiancée, en baisant ses mains roses !
— Allons, rustaud, pourquoi te complaire à ces choses,
Quand ta route est si loin de celle qu'elle suit ?...

    Il se lève.

O clartés, dès l'enfance illuminant ma nuit !...
A Port-Royal, j'ai lu, jadis, dans maint vieux livre
Plein d'images, fermé d'un lourd fermail de cuivre,
Qu'aux jours graves, aux jours troublés des temps anciens,
Dieu daigna susciter pour le salut des siens
Des humbles tels que moi, des paysans, des femmes.
De bien autres périls, ainsi, nous triomphâmes,
Et l'astre qui nous luit n'est pas à son déclin.
Auprès de Jeanne d'Arc, de Bertrand Duguesclin,
Quand on donnait la chasse à la horde étrangère,
Même au plus faible bras l'épée était légère.
Moi, mon rôle est paisible, avec calme accepté.
Ce n'est pas s'enhardir contre une autorité
Légitime. La main qui pare, sans flamberge

Et sans pique, de sang français restera vierge.
Triste gagne-denier ou monarque puissant,
Vivre en faisant du bien, et mourir innocent!...
Qu'importe, après cela, le souvenir du monde
Ou son oubli?... Léguer à tous la paix féconde,
Et tenir en respect, vaincu par vos efforts,
L'ennemi du dedans et celui du dehors!...

> *Il s'est approché de l'endroit où Régnier a posé la faux; il
> s'en saisit.*

Toi, l'instrument de nos besognes domestiques,
Qui ne tranches que des roseaux, des fleurs rustiques,
Toi, par qui les andains d'herbe qu'on va fauchant,
Tels que les flots d'un lac, s'étalent dans un champ :
— Faible gain que déjà convoite la censive, —
Demain, tu peux nous être une arme défensive;
Ton fer ressemble au glaive aux mains d'un séraphin.

> *A lui-même.*

Le temps passe... Agissons!... C'est trop rêver, enfin.

> *Il replace la faux et va près de sa maison.*

Ce que d'autres ont fait pour leur ville au pillage,
Je le ferai pour un hameau, pour un village,
Pour nos prés, nos foyers par la force envahis,
Pour ce qui fait trembler mon cœur...

> *Avec une grande puissance d'émotion.*

O mon pays!!!

RIDEAU

ACTE II

—

Pour les Semailles

L'intérieur du château de la Madeleine, au-dessus de Chevreuse. — Grande pièce en pan coupé (style Renaissance). — Au fond, vers la gauche, baie vitrée d'où l'on distingue les bois, du côté de Milon. — A droite, second plan, porte des appartements ; à gauche, l'entrée par l'antichambre. — Des deux côtés, premier plan, tables couvertes de papiers. — Celle de gauche est placée devant la cheminée. — Fauteuils, tableaux, escabeau près de la large fenêtre du fond.

SCÈNE PREMIÈRE

PIERRE COURTIN, *assis, compulse des dossiers.* ISABELLE *va et vient, feuillette des brochures, sur la table opposée.*

ISABELLE.

Le Secret de la paix, Remontrance à la Reine,
Ordonnance du Roi pour les blés... Ma marraine,
La duchesse, est très au courant : un vrai journal !
Ah ! *Le Cuisinier d'un ministre-cardinal...*
Tout le Pont-Neuf !...

PIERRE COURTIN.

   Laissons là ces mazarinades,
Je les compulserai pendant nos promenades.
Il faut que j'en finisse avec tous mes dossiers.

ISABELLE.

Vraiment, vous y croyez, mon père, à leurs sorciers?

PIERRE COURTIN.

Guère! Je crois que, grâce aux luttes intestines,
Sortis on ne sait trop d'où, de quelles sentines,
De quels bouges, des gens sans aveu, des brigands,
Exploitent la terreur qui règne autour des camps...

ISABELLE.

S'il est un enchanteur chez vos justiciables,
N'est-ce pas ce gaillard aux façons serviables
Qui, voilà quinze jours, nous sortit d'embarras?

PIERRE COURTIN.

Tu te souviens de lui?

ISABELLE.

    Je ne m'en défends pas!
On m'a dit son mérite et son grand caractère :
C'est rare chez les gens attachés à la terre.
Depuis que j'ai quitté notre hôtel du Marais,
Leur sort m'est en pitié : je les ai vus de près;
Mais jamais, à travers la plaine ou le vignoble,
Nul de ces roturiers ne me parut si noble,
Si superbe, avec tant d'instincts si généreux,
Forçant l'indifférence à s'attendrir sur eux.
Songez que ce... croquant, d'abord sans sou ni maille,

Maintenant sur des prés à lui paît son aumaille.
Qui sait si quelque aïeul, d'état plus relevé,
N'a pas doté de ses vertus l'enfant trouvé?

PIERRE COURTIN.

Bravo! Quel plaidoyer vibrant, chère petite!
On pense hardiment, on observe, on médite.
C'est parce que je crois ton esprit sérieux,
Mignonne, que j'osais t'éloigner de mes yeux,
En toute hâte, un jour, d'une façon sommaire.
Mais nous portions le deuil tout récent de ta mère;
Et l'insurrection, barricadant Paris,
M'effrayait, avec ses tumultes et ses cris,
Pour toi, demeurant seule à la table trop large,
Lorsque je me devais tout entier à ma charge.
Nous séparer, c'était dans ton propre intérêt.
Il semblait doux pour toi, l'asile que t'offrait,
En ses lointains châteaux, madame de Chevreuse.
Parmi les siens, tu fus heureuse...

ISABELLE, *caressante*.

Oh!... presque heureuse!

PIERRE COURTIN.

Le calme nous revient, la tempête finit.
Bel oiseau bleu, tu vas bientôt revoir ton nid.

ISABELLE.

Quoi! l'on fera saper ces remparts, ces bastilles
Qui tiennent éloignés les pères de leurs filles!

PIERRE COURTIN.

Certes! Mais avant tout, dis-moi... là, franchement,
Pour exercer encore un peu ton jugement,

Tout à l'heure, exprimé de manière si haute,
Que te semble déjà de notre nouvel hôte?

ISABELLE.

Peuh!

PIERRE COURTIN.

Qu'en dis-tu?

ISABELLE.

Quoi donc?

PIERRE COURTIN.

Voyons! cet officier
Arrivé d'avant-hier, ici prenant quartier
Avec ses bêtes et ses gens campés en plaine
Et qui doivent se joindre à monsieur de Turenne?

ISABELLE.

Monsieur... de Pont-Rieux?

PIERRE COURTIN.

Eh! oui, tu m'entends bien,
Parbleu!... Que penses-tu de lui?

ISABELLE.

Mais, vraiment, rien.
Je pense qu'il est brun, très... brusque et... capitaine.

PIERRE COURTIN.

Non, ton impression... Sa mine?

ISABELLE.

Un peu hautaine.

PIERRE COURTIN.

L'air superbe, je trouve... Un brillant avenir...

4

ISABELLE, *indifférente, s'asseyant devant son père.*

Ah !

PIERRE COURTIN.

Le hasard, qui daigne ainsi nous réunir,
Fait bien les choses.

ISABELLE, *jouant avec les papiers, trouve une lettre ouverte.*

Oui... Mais... puis-je me permettre ?
Le hasard ? Comprenez : l'auteur de cette lettre.

PIERRE COURTIN.

L'indiscrète ! Eh bien, oui : lis cela, si tu veux.

ISABELLE, *lisant.*

« De Saint-Germain, ce 1ᵉʳ d'octobre 1652.

« Recevez, en mon lieu et place, mon cher parlementaire,
M. de Pont-Rieux, tout dévoué à la cause du roi, la nôtre, à
présent. Ce guerrier, qui a levé à ses dépens sa compagnie
de fantassins et de cavaliers allemands et espagnols au profit
du duc de Wurtemberg, peut contribuer, au contraire, à
empêcher la jonction des ennemis à Ablon, si l'on accueille
ses vœux de notre côté. Continuez à considérer ma maison
de la Madeleine, que je n'habite plus guère, comme votre logis de la rue Saint-Avoye. Corps et biens y sont à votre loisir.
Et quand vous partirez, renvoyez-nous à Dampierre notre
chère Isabelle. La duchesse, ma fille, et la princesse Palatine
se meurent de ne la plus voir.

« MARIE, duchesse DE CHEVREUSE. »

Elle replace la lettre parmi les paperasses.

Ce papier, qu'apportait monsieur de Pont-Rieux,
Autant que sa venue a l'air énigmatique.

PIERRE COURTIN.

C'est que tu n'entends pas grand'chose en politique.

ISABELLE.

Vrai?... Tant mieux!

A part.

Il serait temps qu'il se décidât!

PIERRE COURTIN.

Que te disais-je donc?... Ah! oui : notre soldat...
Tu m'interromps toujours, avec ton verbiage!

ISABELLE.

Vous m'alliez, simplement, parler de mariage.

PIERRE COURTIN.

Elle m'a deviné, la sorcière!

ISABELLE.

Oh! ma foi,
Si ceux que vous cherchez le sont autant que moi,
La troupe des démons sera vite éclaircie!
Quand un père adorant sa fille balbutie,
Comme vous, d'habitude, orateur véhément,
C'est qu'il lui pense offrir un épouseur.

PIERRE COURTIN.

Vraiment?...
C'est que je sens venir l'âge et la maladie;
Et j'ai des cheveux blancs... et beaucoup, quoi qu'en die
Ma fille, quand sur moi ses regards sont baissés.

ISABELLE.

Déjà des cheveux gris!... Oh! vous me vieillissez!
C'est mal!

PIERRE COURTIN.

Et je voudrais ne pas quitter ce monde

Avant que sa jeunesse admirable et féconde,
— Matin fleuri qui peut charmer mon triste soir, —
Près du berceau d'un fils ne m'engage à m'asseoir.
Oui, je souhaiterais te voir bien établie,
Femme que son amour rend encor plus jolie,
Comme un rayon d'en haut rend un lis plus vermeil.
Il me vient des remords, car un milieu pareil...

ISABELLE.

Je me sens d'une race où l'on sait se défendre!
Mais je recherche l'ombre et redoute l'esclandre.
Ne m'avez-vous pas fait, vous-même, aimer les champs?
Je m'y voudrais livrer à mille soins touchants,
Comme au temps des pasteurs groupés en république.
Oui, — ne souriez pas! — j'ai l'humeur bucolique.

PIERRE COURTIN.

Ouais! à Dampierre on lit aussi monsieur d'Urfé,
Et de La Calprenède on a l'esprit coiffé!...
Écoute : je m'en vais, pour toi, faire l'emplette
De blancs moutons, d'un chien frisé, d'une houlette.
Et, puisque ce métier te semble sans horreur,
Je propose ta main à quelque laboureur...
Monsieur Jean, par exemple... Et tu seras fermière.
Par tous les temps, levée à l'aube, la première,
Tu t'en iras porter la provende aux troupeaux
Et la soupe à ton homme.

ISABELLE.

           Oh! quittons ces propos!
La plupart n'ont pas même une chèvre à l'étable.
Plutôt, allégeons-leur le sort insupportable.

PIERRE COURTIN.

Je ne plaisante plus !... Quel que soit ton désir,
Quand il s'agit de toi, toi seule dois choisir,
Même en dépit des vœux que forme la duchesse.
Que son présent de noce accroisse ta richesse,
Si tu prends, d'aventure, un mari de sa main,
Ou que ton sentiment vise un tout autre hymen,
Qu'importe ? En vérité, mon bien suffit encore
Pour ne contraindre point une enfant que j'adore.

ISABELLE.

Vous l'avouez : c'est elle !

PIERRE COURTIN.

Elle m'en donna part
Sur le Cours, le matin du jour de mon départ.
Songes-y donc : je peux te manquer. Cette vie
Peut, brusquement, à tes côtés, m'être ravie.
En toi règne l'honneur de ma vieille maison :
Ton respect filial et ta saine raison,
Pour cette liberté grande que je te laisse,
Devront auréoler de bonheur ma vieillesse.

ISABELLE.

Oh ! je suis grave, allez ! malgré mes rires fous !

PIERRE COURTIN.

N'écoute que ton cœur, toujours !

ISABELLE, *penchée sur le fauteuil, embrasse son père.*

Mon cœur, c'est vous !

SCÈNE II

LES MÊMES, DE PONT-RIEUX,
UN LAQUAIS, *à l'extérieur.*

PONT-RIEUX, *très bruyant, sur le seuil de l'antichambre,*
au laquais.

Non, non, renvoyez-le! Bah! cela vous étonne?
Monsieur Pierre Courtin ne recevra personne.
Il travaille.

LE LAQUAIS.

Mais il insiste.

PONT-RIEUX.

Eh! sacrebleu!
C'est bien, j'ai dit!

PIERRE COURTIN, *à Isabelle.*

Quel bruit ils font. Vois donc un peu.

ISABELLE.

J'y vais.

PONT-RIEUX, *au laquais.*

Laissez-nous seuls.

En costume d'officier de cavalerie irrégulière, botté, ganté, il
descend, passant devant Isabelle, qu'il salue profondément
et qui, à sa vue, revient.

Excusez, je vous prie,
Ma présentation trop sans cérémonie.

J'enrage! Je ne sais quel valet de meunier
S'était trouvé là-bas, planté sur l'escalier...
C'est qu'il cuidait entrer, ce drôle, que je meure!

ISABELLE, *à part.*

Il commande! Il se croit en sa propre demeure!

PONT-RIEUX.

Je vous l'ai bouté hors, bien et beau, sur-le-champ.

PIERRE COURTIN.

Je serais mal venu, monsieur, en me fâchant...
Je reçois tout le monde, et cette tâche est mienne.
        A sa fille.
Vite, descends et fais en sorte qu'il revienne.

PONT-RIEUX, *à part.*

Bigre! fichu début pour leur faire ma cour!
Le temps presse, il faudra prolonger mon séjour.
Le père devrait bien courir après son rustre,
Et me laisser causer avec elle!... Il me frustre,
Ce vieillard chatouilleux.

        Isabelle sort.

SCÈNE III

PIERRE COURTIN *et* PONT-RIEUX.

PIERRE COURTIN, *redescendant.*

            Quelque petit censier
Des domaines du duc. — Eh bien! mon officier,

Vos dragons, vos chevau-légers, peu sédentaires,
Bivouaquent dans nos bois et couchent sur nos terres.
On leur fait large accueil... Hélas! nous augurons
Mal de ce que l'on doit trouver aux environs.

PONT-RIEUX.

Bah! tous de vieux routiers : rien ne les embarrasse :
Une meute de bons limiers chassant de race...
Des dents! des nez flairant des aubaines de loin...
Messieurs de Port-Royal nous refusent du foin :
Ils sont donc bien nombreux à nourrir dans le cloître?
Lésiniers et gourmands! leur ventre va s'accroître.
Mes gens sont dispersés vers Gif et Saint-Rémy :
Comme ils ne font jamais les choses à demi,
J'ai confiance en eux pour fouiller la campagne.

PIERRE COURTIN.

Que le respect du bien d'autrui les accompagne.
Ne lancez vos fourriers que dans les communaux.
Les réquisitions, le manger des chevaux
Valent qu'on les compense en argent. Quant aux hommes,
Nous leur gardons du blé, des légumes, des pommes:
Le jardinier, je crois, s'en est préoccupé.

PONT-RIEUX.

Merci!... Dans quelques jours, nous aurons décampé.
J'attends un ordre écrit de monsieur de Tavannes.
Aussitôt : sabre au clair! On vous lève les vannes
Et mon torrent s'écoule en suivant le vallon.
Je cours garder le pont de bateaux près d'Ablon,
Paralysant l'effort de ce brave Turenne
Qui cherche à nous couper, nous, le duc de Lorraine

Et les Princes, tout près de nous donner la main.
Les Royaux, au passage étroit, leur seul chemin,
Écrasés sur les flancs, pris en un coupe-gorge,
N'ont plus qu'à regagner Villeneuve-Saint-George,
Pour panser les blessés qu'achève leur effroi.

PIERRE COURTIN.

Mais, voyons! je m'y perds... Serviez-vous pas le roi,
La Cour, le Mazarin, avec lesquels la ville
Et le Parlement, las de la guerre civile,
Finissent — il en est grand temps! — par s'arranger?

PONT-RIEUX, *embarrassé, puis se ressaisissant.*

Aïe!... Oui; mais mon courage appelle le danger!
J'ai dit l'avis reçu, non ceux que je peux suivre.
La grâce a lui. Captif, d'abord, je me délivre!

PIERRE COURTIN.

Il passe par ici, le chemin de Damas?...

A part.

Ces sortes de gens-là ne me reviennent pas.
Et moi, qui... L'intrigant!... Quelque espion, sans doute?
Sa troupe?... d'odieux coureurs de grande route.

PONT-RIEUX.

La duchesse m'engage à n'écouter que vous.
Les Princes ont, du reste, excité son courroux.
Mon épée et mes gens sont à moi : j'en dispose!

PIERRE COURTIN.

Et, quittant l'adversaire, épousez... notre cause?
— C'est faire bon marché de votre opinion!

PONT-RIEUX.

Je la sacrifierais toute à ma passion,
Si vous me promettiez...

PIERRE COURTIN.

De vous donner ma fille ?

A part.

Oh ! j'y perdrais !

PONT-RIEUX.

L'état qu'on fait de sa famille
Dont le chef recevrait ainsi mon dévouement...
Son esprit, que l'on m'a vanté si fréquemment...
Sa volonté superbe... enfin, sa beauté seule...

PIERRE COURTIN.

Madame de Chevreuse aime fort sa filleule.
Mais, chevauchant par monts et par vaux, en tous lieux,
Elle hésite entre maints projets ambitieux.
Voudrait-elle, à présent, — dépit ou représailles, —
Pour le compte d'autrui se mêler d'épousailles,
Sa fille ayant manqué le prince de Conti ?

PONT-RIEUX.

Connaît-elle, elle-même, au juste, son parti ?
Quoi qu'il en soit, pour moi, j'ai ce bien, fort licite,
Qu'elle aide à la faveur qu'ici je sollicite.
J'ai bon bruit à la Cour ; je m'y vois protégé :
En me faisant servir par les parents que j'ai,
J'obtiendrai les emplois les plus hauts dans l'armée,
Car je veux que ma femme, adulée et charmée,
Brille parmi les miens d'un éclat triomphant.

PIERRE COURTIN.

Les grandeurs semblent mal le fait de mon enfant.
Autour d'elle, elle peut juger de la poursuite
Des vains honneurs, et n'en paraît que peu séduite.
Le sentiment supplée au rang inférieur.
Elle souhaite un très intime intérieur
Où tout serait silence, études et tendresse.
Elle est fille d'un monde et d'un siècle en détresse,
Troublés, tremblants, meurtris, assoiffés de repos.
— Un époux officier s'éloigne à tout propos.

PONT-RIEUX.

Mais dans un mois au plus, la paix définitive
Se conclut. Croyez-en mon initiative.
La paix?... d'un coup de main, moi, j'y contribuerai.
Et je lui viens offrir, fiancé de son gré,
Mon nom et mon manoir des bords de la Durance!
— Puis-je emporter de vous une ombre d'espérance?

PIERRE COURTIN.

L'ombre d'une ombre!... Enfin, laissons agir le temps,
Ce n'est pas sous l'assaut de tous ces mécontents
Que de joyeux projets doivent fleurir les âmes.
Cessez le feu, plutôt qu'allumer d'autres flammes!

   A part.

Ma fille, à lui?... Combien le personnage ment,
Au moral, à son trop flatteur signalement!

   Il remonte vers la porte, où l'on entend parler.

PONT-RIEUX

Gageons qu'ils n'en ont pas pour quinze jours, les Princes!
Après?... nouvelle fuite à travers les provinces...

A part.

Eux partis, ruinés, qu'en irais-je obtenir?
Je change mon mousquet d'épaule, à l'avenir.
— Vingt mille écus de six livres, c'est bon à prendre!

  Haut.

Je veux que l'an prochain vous m'appeliez « mon gendre ».

SCÈNE IV

LES MÊMES, ISABELLE, *puis* JEAN.

ISABELLE.

C'est notre paysan de Milon. Il me suit.
Par la disette autant que par l'espoir conduit,
Il vient vous demander un service. — Vous êtes
Si juste! — Et moi, je suis maîtresse des requêtes :
Je le défends!

   PONT-RIEUX.

   L'heureux manant!

    PIERRE COURTIN.

        Eh! pourquoi pas?
Ce manant-là nous a tirés d'un mauvais pas.
Pour nous, c'est charité, plus que reconnaissance.

  ISABELLE, *faisant signe d'entrer à Jean.*

Mon cher papa, ce jour est mon jour de naissance.
Largesse!

   JEAN.

   En vérité, monsieur, je suis confus.

PIERRE COURTIN.

Voyons, ami?

ISABELLE, *bas, à Jean.*

Parlez sans craindre son refus.

JEAN, *comme à lui-même.*

Après tout, n'ayant pris les conseils de personne,
Si j'ai tort, c'est moi seul qu'il faut que l'on soupçonne.
On ignore, là-bas, quel désir m'a troublé.

A Pierre Courtin.

Nous savons les greniers du château pleins de blé,
Car maintes fois, jadis, tous, nous nous y rendîmes,
En apportant les grains au curé, pour les dîmes.
Comme voici le temps des semailles venu
Et qu'il ne reste rien pour couvrir le sol nu,
J'ai songé : j'irai voir madame de Chevreuse
Et dirai : « Montrez-vous encore généreuse :
Prêtez-nous une part des trésors entassés
Et l'an qui vient, les champs, par nous ensemencés,
Nous rendront, pour le moins, l'intérêt de la dette.
Inutile sous l'œil des gardiens en vedette,
Ce bien fructifierait, chaudement enterré...
Prenez-moi pour garant de ce dépôt sacré.
La glèbe, voyez-vous, moins chiche que les hommes,
Sait transformer cet or léger en lourdes sommes,
Quand elle est fécondée aux sueurs de nos fronts. »

PIERRE COURTIN.

Oh! mais, c'est important, monsieur Jean! Nous verrons.
Car j'encourrais peut-être un blâme...

5

ISABELLE.

Quoi! mon père...

Elle indique la lettre de la duchesse. — Pont-Rieux ébauche un geste d'impatience.

La lettre vous permet...

JEAN.

Ce mot me désespère :
Attendre! Hélas! les jours, monsieur, sont précieux.
Nous sommes las d'attendre et d'implorer les cieux.
L'habitude, qui veut que personne ne chôme,
Nous a, comme toujours, fait retourner le chaume.
Mais le soc mollement a creusé les sillons,
Car nous allons sans trop savoir où nous allons,
Sans but, sans entrevoir de lendemains tranquilles.
On ne peut s'éloigner; nul marché dans les villes;
Les semeurs sans le sou n'obtiennent nul crédit;
Les chemins sont peu sûrs...

PIERRE COURTIN.

Cela, sans contredit!

JEAN.

Or, le vent, par qui tout se dessèche et s'altère,
A cessé. Le brouillard vient d'humecter la terre.
L'air s'adoucit, et, comme on dit, ça vaut de l'or.
Enfin, si nous perdons cette saison encor,
Paris ne devra plus compter sur nous, ou guère.

PONT-RIEUX.

Si j'osais?... Un exprès dépêché vers Dampierre?...

ISABELLE.

Vous savez ma marraine absente, au Grand-Conseil.

PONT-RIEUX.

Elle y doit revenir en allant à Corbeil.

PIERRE COURTIN.

Il suffit! Son écrit met en ma bienséance
Corps et biens... J'ouvrirai les greniers d'abondance.

PONT-RIEUX.

Notre homme n'aura pas obligé des ingrats.
Par réciprocité, vous lui tendez les bras.
Le fin matois!

JEAN.

Cela ne m'atteint pas, je pense,
Monsieur! Je n'ai rien fait pour une récompense.

PONT-RIEUX.

Cependant, cela vaut qu'on le prenne en souci,
Nous pouvons être, un beau matin, bloqués ici.

ISABELLE.

Bah! que craindre avec vous, monsieur le capitaine?
Vous seriez héroïque et grand, j'en suis certaine.
Comme au siècle fameux de nos preux chevaliers,
Moi, par les corridors détruits, les escaliers
Branlants, je porterais l'huile ou la poix bouillante.

PONT-RIEUX.

La plus rieuse, ainsi, serait la plus vaillante!
— Malgré tout : mieux vaudrait ne pas se démunir :
Le manoir ne serait bientôt qu'un souvenir.
Votre père est prudent aussi, mademoiselle.

PIERRE COURTIN.

Certes! mais rien n'oblige à montrer tant de zèle.

D'un sublime aliment les grands cœurs sont nourris.
Voilà douze ans, ce fut plus grave, dans Paris :
Et le peuple, pourtant, tout vibrant de jeunesse,
Sut ne jamais manquer de son pain de Gonesse.

JEAN.

Vous avez vu cela, monsieur du Parlement?

PIERRE COURTIN.

Oui, j'ai vu mon Paris s'équiper hardiment,
Quand, sonnant le tocsin de l'entrée en campagne,
Roye et Corbie étaient aux reîtres d'Allemagne.
La cité, soulevée aux appels des tambours,
Enfantait sans douleur une armée en huit jours.
Élan subit, troublant l'ennemi qui s'avance!
Chaque foyer offrait un homme à la défense...
Et c'étaient des refrains guerriers de toutes parts :
Une fièvre entraînait les bourgeois aux remparts,
Cheveux frisés, poil ras, souliers noirs, bas de soie,
Tels que drilles joyeux qui s'en vont tirer l'oie...
— Oui, j'étais là. J'ai vu s'exercer dans les champs,
Près des communautés des six corps de marchands,
Des enrôlés d'hier, des courtauds de boutique,
Des nouveaux mariés, au bonheur domestique
S'arrachant, les yeux secs, sur l'ordre des sergents!

PONT-RIEUX.

La bizarre milice !

JEAN.

Ah! Dieu! les braves gens!

PIERRE COURTIN.

Tous ne visaient qu'un but, même les gentilshommes
Qui changent de tactique à l'époque où nous sommes,

Et dont la longue émeute aux tristes incidents,
Malgré le deuil public, aiguise encor les dents.

PONT-RIEUX.

Ah! tous n'ont pas l'amour du gain qu'on leur reproche!

PIERRE COURTIN.

Soit! Mais le plus grand nombre, au profit de leur poche,
Combattent, à l'envi, pour la part du butin.
La curée est pourtant d'un régal incertain.
La bête?... le royaume épuisé... Bah! qu'importe?
Mazarin en exil entre-bâille la porte.
Les chefs même, des princes, des ducs, un Condé,
— Héros que la victoire a longtemps secondé! —
Implorent, casque en main, de la voix et du geste :
Nous, d'abord; le trésor ensuite... s'il en reste.
— Relevez mon donjon détruit par Richelieu,
Bon roi! Je vous serai fidèle autant qu'à Dieu.
— Oh! rien qu'un tabouret au Conseil de la reine,
Pour ma femme! — Pour moi, quelque terre en Touraine!
Tout batailleur qu'on soit, on se pousse à la Cour.
Des places! — Tout leur sert : la menace ou l'amour.
Vers quelque objet mesquin, on rampe, on se fatigue.
Triste époque! Partout l'intrigue, encor l'intrigue!
Le rural, que l'impôt écrase de son poids,
N'ose se rebeller, comme il fit autrefois...
— Les voyez-vous, courbés, ces femelles, ces mâles,
Noircis par le soleil, la voix bramant des râles,
Fouir obstinément l'argile de leurs mains?...
Qu'ils se dressent... Ce sont des fronts d'êtres humains,
Quoique sortis d'un trou, farouches, pleins de hargne!
Le pénible labour, leur bêche nous l'épargne...

Ne mérite-t-il pas, l'animal affamé,
De manger un morceau du pain qu'il a semé?

PONT-RIEUX.

Nous autres, cependant, remportons les victoires.

ISABELLE.

On ne s'engraisse pas de hauts faits méritoires.

JEAN.

Ainsi donc, ni mépris, ni mots cruels et durs
Pour nous, les va-nu-pieds, les travailleurs obscurs?

PIERRE COURTIN.

Je suis d'une famille humble et fort plébéienne,
Jalouse d'un blason de bourgeoisie ancienne.
Fier de penser que la souche dont nous sortons
Peut encore donner quelques bons rejetons,
Je me crois investi d'un mandat par des hommes
Qui, plus heureux ou plus aisément économes,
Vos aïeux et les miens, pauvres planteurs de choux,
Jadis, ont retourné la terre comme vous.
Ce sont eux dont la voix, par ma voix, encourage,
Écho du bon Sully, l'effort du labourage.

JEAN, *indiquant le ciel.*

Ah! des graines d'espoir me tombent de là-haut!

PIERRE COURTIN.

Venez donc m'indiquer juste ce qu'il vous faut.
Que si quelque intendant va se plaindre et bavarde,
Me voyant disposer de ce dont j'ai la garde,
D'un mot j'apaiserai ses scrupules derniers :
Je garantis l'emprunt par mes propres deniers.

ISABELLE.

Elle est gagnée, alors, la cause que je plaide !

PIERRE COURTIN.

Monsieur de Pont-Rieux, bon droit a besoin d'aide :
Pouvez-vous nous donner deux ou trois lansquenets
Pour emplir les sacs ?

JEAN, *vivement.*

Non, non, j'ai mes Milonais !

PONT-RIEUX.

Fi ! mes fumeurs flamands, mes buveurs de Pologne
Pourraient ne pas trouver digne d'eux la besogne.

PIERRE COURTIN.

Pourtant, m'avez-vous dit, d'aucuns, en ce moment...

JEAN.

J'ai là des hommes prêts à tout événement,
Mes lieutenants, mes pairs...

PIERRE COURTIN.

C'est vrai : la compagnie
Franche, que vous avez, vous-même, réunie,
Disciplinée, armée, et qui peut, paraît-il,
Sous vos ordres, sauver la contrée en péril !

PONT-RIEUX.

Un chef de bande, lui ?... Prenez garde, mon brave !
Car, sans commission en règle, c'est très grave :
S'improviser ainsi son propre défenseur !

JEAN, *à part.*

Oh ! s'il ne fallait pas feindre de la douceur,

Dans l'intérêt de tous les nôtres...

Haut.

                    Je le jure :
Dussent-ils endurer la menace, l'injure,
Ceux qui m'ont mis à leur tête, m'obéissant,
Il ne coulera pas une goutte de sang
Entre nous !

PONT-RIEUX.

    Bon ! Parfait !

A part.

                    Sinon du tien, peut-être,
Fàcheux maraud ! — Comment le faire disparaître ?

Haut, la main à l'épée.

Désormais, gare à vous !

PIERRE COURTIN, *à Jean.*

                    Venez, c'est entendu.
Vous serez satisfait. Cela vous est bien dû.

Ils sortent tous deux.

SCÈNE V

PONT-RIEUX *et* ISABELLE.

ISABELLE.

Pourquoi vous acharner après ce pauvre hère ?

PONT-RIEUX.

Pourquoi si promptement exaucer sa prière ?

ISABELLE.

En quoi cela peut-il vous donner de l'ennui?

PONT-RIEUX.

Peuh! en rien... Mais monsieur Courtin est tout à lui
Et vous, — c'est là ce qui m'enrage, qui me froisse, —
Ne songez pas à ma présence, à mon angoisse.

Il s'approche d'elle.

Enfin, les voici hors! Je vais donc à loisir
Vous exprimer tout haut ma flamme, mon désir
De vous...

ISABELLE.

Maîtrisez mieux une ardeur qui se cabre!
Vous m'effrayez... Cet air terrible... ce grand sabre...
C'est à peine, monsieur, si vous me connaissez.

PONT-RIEUX.

La duchesse m'a dit souvent — jamais assez! —
Que vous êtes aimable au moins autant que belle,
Et je vous adorais de loin, tendre Isabelle!

ISABELLE.

C'est aller un peu vite!

PONT-RIEUX.

Et comment agir mieux,
Pour moi, blessé des traits que décochent vos yeux,
Que vouloir profiter de cette rare aubaine,
D'y chercher un calmant quelques instants à peine?...

ISABELLE.

Des pointes!... Ah! monsieur, laissez aux courtisans
De tels discours qu'au Louvre on doit trouver plaisants.

La franchise siérait mieux en cette matière.
Pour les intentions qu'on témoigne à Dampierre,
Si l'on ne m'en instruit qu'aujourd'hui seulement,
Que l'on conspire même avec le Parlement,
— Entre nous, fort mauvais complice du mystère ! —
C'est qu'avec moi l'on eut des raisons pour se taire.
J'attendrai donc, avant que de me prononcer,
De revoir la duchesse, et je veux y penser.
Au surplus, je l'avoue, et d'une âme sereine :
Dussions-nous pour toujours rompre avec ma marraine,
Je refuserais d'elle un prince, un duc, un roi,
Qui n'eût pas l'agrément de mon père et de moi.
C'est une affection à la mienne pareille
Que j'exige d'abord pour parer ma corbeille.

PONT-RIEUX.

Certes ! et je vous veux mériter, tout au moins,
Par mes concessions, ma tendresse, mes soins.
Et, tenez : un seul mot, un geste, et, tout de suite,
Je reprends ma parole et mets ma troupe en fuite.
Tavannes, Wurtemberg, en porteront le deuil.

ISABELLE.

Non pas !... La mission confiée et l'orgueil
D'un nom à garder pur ?... Le serment qui vous lie
Jusqu'au jour triomphal de la tàche accomplie ?

PONT-RIEUX.

Ce jour-là, toujours plus féru de vos attraits,
Renonçant aux nouveaux lauriers que j'espérais,
Puisque c'est votre vœu, je vous remets les armes.
La France connaîtra le pouvoir de vos charmes.

Bellone doit céder lorsque Vénus c'est vous!
Mes aïeux ont, du reste, assez porté de coups,
Pour ne pas exiger des exploits plus sublimes!

ISABELLE.

Elles ne pensaient pas comme vous, leurs victimes!

PONT-RIEUX.

Je vous assure, avec l'appui de grands seigneurs,
Un avenir de joie, et de luxe, et d'honneurs...
Qu'un sourire de vous m'adoucisse l'absence!
Votre père, tantôt, me laissait la licence
D'essayer à vous plaire et ne pas m'alarmer.
Dites?... Permettez-vous?

ISABELLE.

Soit!... Faites-vous aimer!

A part.

L'impossible n'est pas chose qui le rebute.

PONT-RIEUX.

Oh! je vous chéris trop pour fuir l'aimable lutte!

ISABELLE.

La confiance en soi, c'est déjà du succès!...
Puisque vous vous montrez généreux à l'excès,
Abandonnant pour moi maint projet grandiose,
Tenez, je veux aussi vous céder quelque chose.
Le sourire, d'abord... Vous disiez vrai, pourtant:
Le ton de ce... faquin devient inquiétant.
J'ai crainte que plus tard son audace n'augmente.

PONT-RIEUX.

Bon! je ne vous le fais pas dire, ma charmante!

ISABELLE.

Oui, j'aurais dû calmer le naïf procureur
Qui fait si bon ménage avec son laboureur.

PONT-RIEUX.

Bravo! J'approuve...

ISABELLE.

                    Ils vont s'en donner à leur aise,
Et cela nous vaudra quelque affaire mauvaise.
Qu'en penser?

PONT-RIEUX.

                    Que l'avis doit être exécuté.
Je cours voir jusqu'où va sa générosité.

Salut cérémonieux. — Sortie rapide.

SCÈNE VI

ISABELLE, *seule.*

Le bon tour!... Il me prend au mot, sans voir le piège,
Le fier guerrier de qui la passion m'assiège.

    A la fenêtre.

Jean, très probablement, doit en avoir fini.
Nulle rencontre à craindre entre eux. — Dieu soit béni!
Je respire!...

    Elle redescend.

                    Voyez le fat!... Il m'exaspère!
Certain dédain plissait les lèvres de mon père...

La duchesse, rêver de m'offrir pour mari
Un soldat de fortune, impudent favori!...
Pour tomber jusqu'à lui, voudrait-on que je fisse
De mon désir paisible un obscur sacrifice?
Comme il le raillerait d'un rire saugrenu!
Non, celui que j'attends n'est pas encor venu :
Cœur généreux que mon cœur anxieux réclame.
Ah! si c'était le rang qui magnifiait l'âme!

    Assise, songeuse.

Mais si pour lui, lui seul, je feignais, cependant,
De m'émouvoir aux feux du bouillant prétendant,
Je ferais échouer peut-être une équipée,
Une escarmouche où va se rougir son épée.
J'épargnerais la vie à quelques pauvres gens.
Le mensonge m'aurait les juges indulgents...
Cet homme... Est-ce bien ma tendresse qu'il convoite?

    Elle se lève.

L'autre, ici, devant lui, la tête haute et droite!...

    Nerveuse, parcourant la pièce.

Pourquoi donc nous et ces messieurs de Port-Royal
Ne tendrions-nous pas à ce garçon loyal
Une main pour l'aider à sortir de l'ornière?
En secret, je m'y veux consacrer tout entière.
Bien que mon protégé soit plus qu'adolescent,
C'est imiter à ma façon monsieur Vincent!...
Au fait, mais ce foulard de la femme inconnue,
Je l'ai toujours. Il faut que je le restitue.
Jean le reportera.

    Elle sort à droite.

SCÈNE VII

JEAN, *à gauche, s'arrêtant au seuil.*

Personne?... Eh bien! tant mieux.
Je tremblais. J'avais peur de sa voix, de ses yeux,
De sa grâce, de son parfum... Seul avec elle!...
Tout de même, je viens!... Mais entraîné par quelle
Force?... Je ne sais pas, au vrai! C'est machinal,
Mais c'est délicieux!... Peut-être je fais mal?
Si nos hommes voyaient mon attitude fausse...
Lui parler?... Supposons que mon désir s'exauce...
Que lui dire, enfin, moi, lourdaud à l'air mauvais?...
Non! Absente, j'ai cette excuse.
                    Résolument.
                        Je m'en vais!

SCÈNE VIII

JEAN *et* ISABELLE.

ISABELLE, *rentrant, surprise, le retenant.*

Monsieur Jean!
                    JEAN.
        Vous allez blâmer ma hardiesse!...

ISABELLE.

Pourquoi donc?

JEAN.

Non : c'est vous notre bonne déesse.
Monsieur Courtin, comblant à l'instant mes souhaits,
Et lorsque, tout ému, je le remerciais,
M'a dit, cachant en vain sa vertu naturelle :
« En tout ceci j'agis pour ma fille et par elle.
Si vous voulez, montez lui conter, de ce pas,
Votre joie... » Alors, moi, j'obéis, n'est-ce pas?

ISABELLE, *montrant le foulard.*

Justement, je gardais, de madame...

JEAN.

Gilonne,

ISABELLE.

Ce foulard qui doit lui manquer.

JEAN.

Vous êtes bonne!

Montrant le poignet d'Isabelle.

Mais ce terrible coup reçu... Que de regrets!

ISABELLE.

Ça?... Bah!... Cicatrisé quelques heures après.
N'en parlons plus!

JEAN.

J'en ai souffert, je vous assure.
Gilonne aussi, malgré plus d'une autre blessure.

ISABELLE, *lui donnant le foulard.*

Quelque frêle bambin à protéger du vent...

JEAN.

Hélas! la pauvre femme, elle n'a plus d'enfant!

ISABELLE.

Et veuve?

JEAN.

Ce calvaire!... Un mari qu'on assomme,
Un enfant que l'on brûle... Et, des bords de la Somme,
Sans pot ni feu, courant, folle, pour s'arrêter,
Un jour, chez nous...

ISABELLE.

Veuillez la prier d'accepter
Ceci — qu'elle prendra, de vos mains, sans scrupules.

Elle lui donne une pièce de monnaie.

JEAN.

Et ses méchancetés, ses propos ridicules,
Vous les avez ouïs sans lui tenir rigueur?

ISABELLE.

Je ne me ressouviens que de votre bon cœur.

JEAN, *à part.*

Parole exquise et qui m'emplit d'un trouble extrême!

Haut.

Merci pour la Picarde et merci pour moi-même.
On vous sait secourable, au village, au moulin :
Où râle un moribond, où pleure un orphelin,
Près de monsieur Hamon ou de mère Angélique,
Vous venez, main ouverte et front mélancolique.
Quand vous fûtes chez nous, à Milon, l'autre fois,
Je l'ai bien reconnu, le son de votre voix!

ISABELLE.

Reconnu?... Mais jamais... Vous vous trompez, sans doute?
Ou peut-être, courant partout, souvent en route,
J'aurai pu, par hasard...

JEAN.

Oui, le hasard fut tel,
L'an dernier, quelque temps après la Saint-Michel.
J'étais...

ISABELLE.

Vous vous taisez... Vous étiez?...

JEAN.

Je m'oublie...
Je ne puis!... Vous allez croire à de la folie
Et vous me chasserez si...

ISABELLE.

Comment?... Quel aveu?...
C'est donc grave?... Faut-il que l'on vous aide un peu?

A part.

Quel homme est-ce donc?

Le voyant se tourner vers la sortie.

Jean! Restez!... je vous l'ordonne.
Je ne veux pas causer de peine. Je suis bonne :
Vous l'affirmiez. Je cherche à l'être, en vérité.
Mais curieuse!... Alors, vers la fin de l'été...?

JEAN.

Un soir de chasse...

ISABELLE.

Oh! moi, j'ai si peu de mémoire!

6.

A part.

C'était bien lui !

> *Haut.*
>
> Voyons la suite de l'histoire.

JEAN.

Si simple ! Vous couriez, je crois, les sangliers,
Les ragots...

ISABELLE.

> Leurs dégâts s'étaient multipliés,
Aux lisières des bois dont le château s'entoure,
Et l'on organisait de hardis laisser-courre.

JEAN.

Pas loin de Saint-Forget. Vous étiez à cheval...

ISABELLE, *spontanément.*

En effet !...

> *Se reprenant.*
>
> Non, ma foi, je me rappelle mal.
C'est vague.

JEAN.

> Dans les prés...

ISABELLE, *ne pouvant plus dissimuler.*

> Ah ! j'y suis. Éloignée,
Presque perdue, après une course effrénée,
Sur l'indication fausse d'un des piqueux,
J'attendais les veneurs pour rentrer avec eux.
Ma monture, trouvant un ru qui désaltère,
Fumante s'arrêta. Moi, je sautai par terre,
Séduite par des fleurs rosâtres. J'en cueillis
Tout un bouquet. Oh ! leurs tons mauves et pâlis,

En demi-deuil de la saison à moitié morte!...
Tout à coup, d'un grand cri je réclamai main-forte :
La jument se cabrait, se mettait à hennir...

JEAN.

J'entendis d'assez loin ce bruit rauque venir :
Strident appel de cor qu'un lent écho répète.
Certainement, peureuse, elle éventait la bête :
Il en est qu'effraierait l'odeur d'un marcassin.
Mon hoyau lancé dans un champ de sarrasin,
J'allai vers vous, laquais maladroit qui chancelle,
Pour saisir l'étrier et vous remettre en selle,
Tout en craignant que mon offre ne vous déplût.

ISABELLE, *un peu embarrassée.*

Je lisais du respect dans votre humble salut.

JEAN.

Votre bouche fit : oui... Même, sans gestes prudes,
Vous posâtes un pied léger dans mes mains rudes.
L'un de vos bras serrait le col de la jument;
L'autre, m'ayant saisi l'épaule, doucement
M'entourait : moi, le chêne, et vous, le jeune lierre.

ISABELLE.

Je devais rougir d'être aussi peu cavalière!

JEAN.

Ainsi je vous tins là cette minute, un soir,
Telle un petit enfant soulevé pour mieux voir...
Si peu de temps!... à moi, presque... Énergique et belle!

ISABELLE.

Jean!... Cette fois, assez!... C'est bien... je me rappelle!

JEAN.

Ah ! l'ivresse éprouvée en cet instant, pardon
Si je me la retrace avec tant d'abandon !

ISABELLE, *à part.*

Quel singulier combat en moi !... Serais-je émue ?...
Non, jamais !... Je devrais l'éloigner de ma vue,
Lui répondre d'un ton altier et méprisant...
Voilà que je l'écoute, attentive, à présent !

JEAN.

Mais la vive cavale emportait l'amazone
Vers la nuit, les lointains cachés, la forêt jaune,
Sans souci du trésor échappé de sa main :
Une fleur, avec moi, seule sur le chemin,
Dont je...

Geste d'un baiser sur un bouquet.

saisis la tige où vous l'aviez touchée.

ISABELLE.

Donc, cette fois déjà, j'étais votre obligée !

JEAN.

Vous ?... Combien plutôt moi, pour ce grain de bonheur !
Froment de joie intime, égoïste glaneur,
Je l'ai multiplié, par un miracle étrange.
Blé céleste, j'en ai rempli toute ma grange.
O mystique pouvoir !... ô l'unique moment
Où vous m'avez souri si charitablement !
J'ai cru qu'au travailleur terrassé par la peine,
Sans un but placé haut toute ardeur serait vaine,

Et qu'il fallait, jeté parmi les miséreux,
Devenir le plus sage et le meilleur d'entre eux,
Pour leur donner l'exemple, orientant ma vie.
Tourné vers vous, étoile à qui je me confie,
A votre insu, fixant l'horizon soucieux,
J'ai vu que c'est d'azur qu'est fait le fond des cieux.

ISABELLE.

Qui?... Moi!... Vous suggérer!... Moi, pareille influence!...

JEAN.

Délire, n'est-ce pas? Mots sans grande créance?

Le jour baisse progressivement.

ISABELLE.

Non! car je sais la route âpre que vous suivez,
— Sillon, sentier, chemin, — dans vos champs déblavés,
Artisan du salut de vos pareils, — apôtre!
Eh bien! moi, je me sens l'esprit frère du vôtre.
Moins modeste que vous, qui ne vous vantez pas,
Non plus vision vague à qui l'on tend les bras,
Mais femme sans orgueil farouche, sans colère,
Je vous dis : « Achevez votre œuvre pour me plaire!
Si la conviction d'être approuvé plus tard
Par celle qui fuyait loin de votre regard
Vous a guidé, doublant votre ancienne énergie,
Chérissons-la : vous, pour plus d'audace affranchie;
Moi, pour ce rôle saint qui me rend fière un peu,
D'avoir ainsi servi quelque dessein de Dieu. »
Illusion?... Qui sait?... Au moins elle fut brève!

JEAN.

C'est parce qu'il est fou que j'adore mon rêve!

ISABELLE.

Ce me serait déchoir qu'être franche à moitié :
Soyez sûr de mon aide et de mon amitié.

Elle avance sa main qu'il baise respectueusement.

JEAN.

Vos paroles, sur moi, bienfaisante rosée,
Tombent, rafraîchissant ma tête reposée !
O moissons ! avenirs attendus à genoux !...
Maintenant, au travail ! Le salut est en nous !

*La nuit s'est presque faite. Il remonte. Isabelle se retourne
en même temps. Ils aperçoivent une vive lueur envahis-
sant le ciel. Elle projette leurs ombres jusqu'au milieu de
la pièce.*

ISABELLE.

Le feu !... Mais c'est le feu, là-bas !

JEAN.

C'est mon village.

Oui, l'incendie avec la guerre !

ISABELLE.

Du courage !

JEAN.

Ma place est au péril !

ISABELLE.

Attendez, je veux voir.

*Ils se rapprochent de la fenêtre. Elle l'ouvre précipitamment,
puis essaie de monter sur un escabeau. Il l'aide, la soutient. Jeu de scène rappelant un peu l'épisode de la chasse.*

JEAN.

Vous quitter, maintenant !... Le voilà, le devoir !

ISABELLE.

Les taillis... Non, plus loin, plus haut... C'est Villeneuve.

JEAN.

C'est Milon !

ISABELLE.

Pauvre ami, quelle nouvelle épreuve !...

A part, après être descendue.

Et ne pouvoir mentir pour calmer son chagrin !

JEAN.

Adieu, mademoiselle.

ISABELLE, *comme inspirée.*

Adieu... Jean Sauvegrain !

Il sort.

SCÈNE IX

ISABELLE, *puis* PONT-RIEUX, DOMESTIQUES,
OUVRIERS DU CHATEAU.

ISABELLE, *appelant, gestes désespérés.*

Mon père ! Capitaine ! Ah ! c'est à fendre l'âme !
Le désastre s'étend, rapide. Tout s'enflamme !

Peut-être est-il trop tard?... Au secours! au secours!

La camériste et d'autres femmes sortent de l'appartement.

Vite! allez prévenir les hommes, dans les cours.

A la fenêtre.

Monsieur de Pont-Rieux qui fait fermer la porte!
Bah! l'autre est déjà loin, malgré tout... Je suis morte!

*Elle tombe sur le fauteuil, près de la table, à gauche, et aper-
cevant la lettre de madame de Chevreuse, la froisse et la
jette dans la cheminée.*

Oh! le maudit billet, lourd de trouble et d'ennui!

Elle se lève, nerveuse.

Sa menace ne peut l'effrayer, aujourd'hui...
Comprend-il, l'officier, qu'en dépit de moi-même,
Ce malheureux m'inspire un sentiment suprême;
Que mon cœur, à l'instant, d'un fol élan fougueux
A bondi vers ce rustre outragé, vers ce gueux?

PONT-RIEUX, *entrant brusquement, empressé.*

Vous m'appelez?... D'où vient cette bonne fortune?

ISABELLE.

Oh! la galanterie est fort inopportune!...
Vous avez vu ce feu, du côté de Milon?
Vous-même et vos soldats y courez?

PONT-RIEUX.
                    C'est selon!...

Il remonte.

Un sabbat de sorciers!...

Sur le seuil.

D'ici l'on sent le soufre!

Il sort.

ISABELLE.

Lâche!

*Elle s'assied au fond, sur l'escabeau; elle s'appuie à la fe-
nêtre. Tumulte. Une cloche sonne l'alarme. Dans l'attitude
de la prière, elle lève vers le ciel ses mains jointes.*

Seigneur! soyez avec celui qui souffre!

RIDEAU

ACTE III

Sans Foyers

Un carrefour dans les bois, entre le château de la Madeleine et Milon-la-Chapelle. — Au fond, à gauche, un chemin creux, encaissé entre deux talus praticables : il ouvre une échappée sur la vallée. D'autres chemins perdus sous les grands arbres. Au milieu, dernier plan, une hutte nouvellement construite, à la façon de celles des charbonniers; d'autres, plus loin, à demi cachées sous le couvert. Au milieu, un peu à gauche, un gros arbre isolé, sortant d'un buisson de ronces et de rejets : ses racines forment sièges naturels. — Fourneaux sommaires, entre des pierres. Arbres morts tombés; planches et chevrons noircis de fumée. Meubles rustiques épars; armes, outils, ustensiles. Dans une charrette, des matelas, des tables. Tout le désordre d'une installation hâtive de paysans fuyant leur village détruit. — A droite, premier plan, sur des tonneaux vides, table parée d'une grosse nappe bise. Assiettes de faïence commune, reliefs d'un goûter presque élégant. Des colchiques et du gui dans des vases ébréchés. — Mi-octobre, ton jaune général. Feuilles tombantes, par secouées de paillettes d'or.

Des paysans-soldats, en sentinelles sur les côtés du chemin; d'autres, postés en divers endroits, allant et venant, armés de piques, de faux, de sabres soutenus par des cordes en sautoir, portant de vieilles cuirasses, coiffés de « salades » bossuées. — Au lever du rideau, un joueur de hautbois et un ménétrier achèvent une sérénade langoureuse.

SCÈNE PREMIÈRE

ISABELLE, MADAME DE CHEVREUSE, RO-
BERT ARNAULD D'ANDILLY, deux Domestiques, deux Musiciens, *puis* SAUVEGRAIN.

MADAME DE CHEVREUSE, *après avoir écouté la musique,*
se levant et allant vers le joueur de hautbois, qui s'éloigne,
ainsi que le ménétrier et les domestiques, sur un signe.

Parfait!... Prenez pour vous et votre compagnon.

    Elle revient vers Isabelle et d'Andilly qui se lèvent des esca-
    belles placées devant la table.

Je me suis crue auprès des bergers du Lignon!

ISABELLE.

On n'est pas plus galant dans l'*Astrée* et *Sylvandre*.

MADAME DE CHEVREUSE.

Les plaisirs purs des champs... J'étais loin de m'attendre...

ISABELLE.

Du laitage, du pain presque blanc, du vin doux :
En se privant, ils ont ainsi garni pour nous
Cette table dressée au milieu des broussailles.
Triste régal, après Saint-Germain ou Versailles.

MADAME DE CHEVREUSE, *montrant un tronc d'arbre*
servant de banc.

Certes, la reine m'offre un meilleur tabouret.

ARNAULD D'ANDILLY.

Mais quels lambris dorés que ceux de la forêt!

ISABELLE.

Chez nos Milonais, plus d'amour que de richesse.

MADAME DE CHEVREUSE.

Des fleurs, d'excellents fruits, vraiment!

ARNAULD D'ANDILLY, *montrant une poire*
qu'il prend sur la table.

De la duchesse!

MADAME DE CHEVREUSE.

Ah! monsieur d'Andilly, vous vous y connaissez :
Votre verger, à Port-Royal, le prouve assez!
Quel cœur, ces villageois!

ARNAULD D'ANDILLY.

Le valet vaut le maître!

MADAME DE CHEVREUSE, *regardant entrer, à droite,*
Sauvegrain, qui salue. Il est armé, porte une épée.

La collation est propre, bien que champêtre!
Et c'est merveille à vous, enfin, d'agir ainsi!

SAUVEGRAIN.

On voulait vous plaire!

MADAME DE CHEVREUSE.

Et vous avez réussi.

SAUVEGRAIN.

C'est très juste que l'on s'anime et soit en fête,
Quand la dame du lieu vient voir notre retraite.
J'ai commandé que tout le monde fût présent,
Sous les armes, et prêt pour un accueil décent.
Tout est bien vôtre, ici : les choses et les hommes.
Ce sol vous appartient. C'est chez vous que nous sommes.
Aussi, nous respectons l'asile. Vous voyez :
Ce n'est que le mort-bois qui nourrit les foyers :
Cette aumône d'en-haut pour combattre la pluie...
Et c'est à vous, la graine à la hâte enfouie.

MADAME DE CHEVREUSE.

Vous êtes un vaillant !

SAUVEGRAIN.

Plutôt un entêté...
Ah ! madame, daignez revenir, cet été,
Quand nous aoûterons par la plaine superbe,
Quand on vous offrira notre première gerbe !...

ISABELLE.

Oh ! ces yeux !... son espoir !

MADAME DE CHEVREUSE.

On ne me trompait pas
En me narrant l'effort de vous et vos soldats,
Capitaine...

Elle cherche, elle hésite.

C'est bien ainsi que l'on vous nomme :
Sauveblé ?

7

ISABELLE.

Sauvegrain!

SAUVEGRAIN.

C'est approchant tout comme.
Ce nom me sanctifie, et je m'en sens très fier.
Un baptême de feu!... L'autre soir, avant-hier,
Quand le hameau flambait, s'effondrait,

Montrant Isabelle.

ma marraine
Exprimait là ma tâche obstinée et sereine...

MADAME DE CHEVREUSE.

Vous, ma chérie?

SAUVEGRAIN.

Ainsi, de tous points assaillis,
Il nous fallut chercher un gîte en ces taillis.

ARNAULD D'ANDILLY.

Quel criminel bouta la flamme incendiaire?

SAUVEGRAIN.

Des dragons... On en vit rouler sur la litière,
Dans une étable vide, ivres-morts, se battant.
L'étincelle jaillit d'un briquet, un instant.
Puis, d'aucuns s'enfuyaient, égayés, sur la route
De Chevreuse.

MADAME DE CHEVREUSE.

Quoi? Ceux de Pont-Rieux?

SAUVEGRAIN.

Sans doute.

MADAME DE CHEVREUSE.

A son insu... Le poste... Un pandour endormi?...

SAUVEGRAIN.

On bivouaque... à se croire en pays ennemi!

ISABELLE, *s'approchant de la hutte, au fond.*

Puis-je entrer?

SAUVEGRAIN.

Oui.

ISABELLE, *frappant sur le jambage de la porte absente.*

Toc! toc!... Vous permettez?... Personne!

SAUVEGRAIN.

La ménagère est au marché!

ISABELLE.

Qui ça?

SAUVEGRAIN.

Gilonne,

Cherchant des champignons de ces dernières nuits.

Isabelle entre dans la hutte.

ARNAULD D'ANDILLY.

Votre cabane, à vous, capitaine?

SAUVEGRAIN.

Je suis,

En qualité de chef, partout. De hutte, aucune.

ISABELLE, *sortant.*

C'est tout noir! Brouh! les bois profonds, les nuits sans lune!

Le froid qui vient, humide et fatal!... C'est pitié!
Ne plus voir le soleil, c'est mourir à moitié!...
Rien aux murs!...

SAUVEGRAIN.

Nous n'avons conservé que nos âmes!

ARNAULD D'ANDILLY.

Cruelle humanité! Temps maudits! Jours infâmes!...
Madame, cette nuit, vous prierez pour ces gens.
Quand, dans votre oratoire, à l'abri des méchants,
Vous haussez votre esprit vers Celui qui nous juge,
Dites-vous que c'est vous leur salut, leur refuge.
Songez que la douleur, parfois, vous affligea...
Faites mieux : joignez-vous à nous.

MADAME DE CHEVREUSE.

C'est fait déjà :
Nous avons donné l'ordre à l'intendant Boispille
D'en agir avec eux en père de famille.
Le duc est bon. Tenez pour certain qu'il souscrit
A tant d'audace, à tant de présence d'esprit.

A Sauvegrain.

Nous savons que, prudent, en général habile,
Vous dépêchez de vos courriers vers la grand'ville,
Exigeant un récit de chaque événement;
Qu'on vit des fantassins de votre régiment,
Surprenant les pillards d'une ferme isolée,
Enfourcher leurs chevaux lâchés dans la mêlée...

ARNAULD D'ANDILLY.

C'était de bonne guerre, en somme, et votre droit.

SAUVEGRAIN.

Désarmer les brigands, quel plaisir !

MADAME DE CHEVREUSE.

Par surcroît,
Les convoyeurs sont saufs, grâce à vos sentinelles.

ISABELLE.

L'autre nuit, un troupeau de bœufs, près de Bonnelles,
Passait, que l'on menait aux gens du maréchal :
Des goujats espagnols pensaient le mettre à mal ;
Des Milonais à jeun, sans pain, sans victuaille,
Avant l'aube, l'ont fait filer, vaille que vaille.

SAUVEGRAIN, *montrant un des hommes qui traverse.*

Voyez, pourtant, ils sont fort mal accommodés.
Mais quoi ! ce sont soldats et non joueurs de dés !
Va-nu-pieds, meurt-de-faim nous ont répondu vite.
Moi, le sonneur de glas, je n'ai pas grand mérite,
Car je suis secondé par le bon racoleur
Qu'on désigne d'un nom très commun : le malheur !
Tous sont poussés, leur force encor non abolie,
Par la communauté d'intérêts qui nous lie.
Et le mot d'ordre leur paraît de bon aloi :
Vivre, afin de pouvoir longtemps servir le roi.

MADAME DE CHEVREUSE.

Sa Majesté, pourtant, sachez-le, s'inquiète.
Elle nous fit mander, hier, par une estafette
Du sieur de Vaubercourt, au duc, à moi, d'avoir
A vous dire qu'il faut rester dans le devoir,
Sous peine d'encourir le châtiment suprême.

SAUVEGRAIN.

Le roi soit assuré, madame, que je l'aime!
Je n'entreprends, avec l'aide de mes amis,
Que tâche de sujets fidèles et soumis.
OEuvre utile, il n'est pas besoin que je la prône,
Elle lui déblaiera le chemin de son trône.
Oui, nous pourrions user de violence aussi
Contre qui nous épuise et détruit tout ici...
Mais non! Le roi dit-il aux chercheurs d'aventure :
« Courez sus au bonhomme et faites-en pâture... »?
Guerre à la guerre! Non, jamais ne provoquant,
Nous n'allons pas troubler les Français dans le camp.
On nous sait épargneurs du sang des misérables.
Intégrité des bois et des terres arables,
Sûreté de l'argent péniblement gagné :
Voilà le droit, le but pour nous!

ARNAULD D'ANDILLY.

Bien raisonné!

SAUVEGRAIN.

Victime des excès, je hais toute licence.
J'écouterai la voix de mon obéissance,
S'il déplaît au roi, mon seigneur, que, sans mandat,
Un laboureur se hausse au niveau du soldat.

ISABELLE, *enthousiaste.*

Ah! beau comme le Cid!

MADAME DE CHEVREUSE, *calme, altière.*

Très bien! Je dis comme elle.

Donc, j'en reçois de vous la promesse formelle :
Jamais vous n'oublierez...

UN MILONAIS, *entrant à droite, à Sauvegrain.*

                    Capitaine, on a pris,
Tout à l'heure, un courrier venant de vers Paris,
A Frileuse. Giraud m'a dit qu'il parlait suisse.
L'autre, en se débattant, lui démolit la cuisse.
Probable qu'il s'était fourvoyé. Se cachant,
Il errait, descendu de cheval, dans un champ.
Tout de suite, malgré son défi, sa bravade,
Nous l'avons garrotté, crainte qu'il ne s'évade.

SAUVEGRAIN.

Bon !... Princier ou royal ?

LE MILONAIS.

                    Il faut que vous veniez
Pour éclaircir la chose en lisant ses papiers.

SAUVEGRAIN *salue et sort avec le Milonais.*

Pardon, madame !...

ISABELLE.

                    Il court, il glisse... Une couleuvre !

ARNAULD D'ANDILLY.

Je le suis. Je voudrais un peu le voir à l'œuvre.
Quelques-uns de sa trempe et l'État serait fort.

                    Il s'éloigne.

SCÈNE II

ISABELLE, MADAME DE CHEVREUSE.

MADAME DE CHEVREUSE.

Seules !

ISABELLE, *montrant un pistolet qu'elle remet aussitôt
à sa ceinture.*

Ne craignez rien !

MADAME DE CHEVREUSE.

Vous, armée !...

ISABELLE.

Ai-je tort,

Par le temps qui court ?

MADAME DE CHEVREUSE.

Nul danger ?

ISABELLE.

Oh ! pas le moindre.

MADAME DE CHEVREUSE.

Et d'ailleurs, Pont-Rieux nous doit ici rejoindre :
Il sait que nous...

ISABELLE.

Qui ?... Lui, marraine ?

MADAME DE CHEVREUSE.

Pourquoi non ?

ISABELLE, *remontant*.

Je lui quitte la place, en ce cas!

MADAME DE CHEVREUSE.

Bah! Son nom,
Ainsi que l'ennemi, vous mettrait-il en fuite?

ISABELLE.

Non! Mais vous ignorez à coup sûr sa conduite
Envers moi, ses discours, ses étranges façons.

MADAME DE CHEVREUSE, *la ramenant*.

Enfant! Voyons, voyons, quels vertueux frissons!
N'est-ce pas en galant homme qu'il se comporte?

ISABELLE.

Trop galant! A ceux-là on interdit sa porte.
C'est indigne! Si vous l'aviez un peu connu...

MADAME DE CHEVREUSE.

Hum! hum!

ISABELLE.

Comment?

MADAME DE CHEVREUSE.

Rien!

ISABELLE.

Certe, il ne fût pas venu.

MADAME DE CHEVREUSE.

Bah! Chez moi faudra-t-il que l'on se barricade?
Beau garçon... sans doute un peu vif... Quelque foucade...

8

Le soleil du Midi... L'habitude des camps
Qui lui font vous parler sans y mettre des gants?...

ISABELLE.

Pour cela, non : toujours bien ganté; mais, en somme,
Agissant en faquin plutôt qu'en gentilhomme :
M'épiant, me suivant dans les couloirs obscurs,
Me barrant l'escalier, les bras scellés aux murs,
Puis, à brûle-corset, lançant quelque fadaise.

MADAME DE CHEVREUSE.

Le plus dragon des deux, c'est vous, ne vous déplaise,
Ma divine! Est-ce là le bel air de la Cour,
Que nous nous offensions qu'on nous fasse l'amour?

ISABELLE.

Bon ses passe-volants avec nos caméristes!

MADAME DE CHEVREUSE.

Tant d'appas!... C'est ce rien qui rend vos grands yeux tristes

ISABELLE.

L'affoler à ce point me devient agaçant,
Et j'ai jugé bientôt qu'il sait mon père absent,
Parti préoccupé, brusquement, non tranquille :
Cette nouvelle émeute en plein Hôtel-de-Ville...

MADAME DE CHEVREUSE, *à part.*

Le maladroit!

Haut.

Pourtant, ce nous est un plaisir
Qu'un futur époux marque un violent désir.

ISABELLE.

Mon futur époux?

MADAME DE CHEVREUSE.

Oui! telle est sa douce envie :
Un mot de vous devra décider de sa vie.

ISABELLE.

Jamais! Par ma froideur seule j'ai répondu.
Il faut qu'il soit bien sourd, qu'il n'ait pas entendu!

MADAME DE CHEVREUSE.

Votre père, d'abord, m'approuvait...

ISABELLE.

Oh! duchesse,
Il me laisse très libre et croit à ma sagesse.

MADAME DE CHEVREUSE.

Sa déférence, alors, devant vous, ne tient plus!...
C'était unir — folie où longtemps je me plus —
L'illustre armée à votre obscure bourgeoisie.
Le roi songeait...Tant pis!... L'heure était mal choisie...
Donc, quelque autorité qu'ait une affection
Que son âge tient loin de toute passion,
Votre orgueil rougirait à penser qu'on vous guide,
Que ma tendresse vous prenne sous son égide?

ISABELLE.

Oh! combien je vous sais gré de cet intérêt!
Aucun de ceux qui vous sont chers ne surprendrait
Votre sollicitude un instant endormie.
Vous séduisez pour eux la reine, votre amie;

Habile ambassadrice, on vous vit quelquefois
Inspirer des traités de paix, dicter des lois,
Malgré le cardinal, fourbe vous cherchant noise...
Mais disposer d'un cœur de petite bourgeoise,
Tout simple encor qu'il soit, ce cœur, et peu rusé,
Vous le comprenez : c'est beaucoup plus malaisé !
Belle affaire : accoupler des peuples !... L'alliance
De deux êtres exige une intime science...
Grand merci ! moi, pivot d'une combinaison !
Mariage... comment dirais-je ?... de raison
D'État ! Timide infante, on m'eût fait violence.
On jetait, comme appoint, ma main dans la balance,
Et mes baisers changeaient les destins du pays !...
Si la voix du respect me suggère : « Obéis ! »
Celle de mes vingt ans se révolte et me gronde.

MADAME DE CHEVREUSE.

Vous ne ferez jamais figure dans le monde.
Aucune ambition ne vous hante !

ISABELLE.

     C'est vrai !...
Si modeste, du moins !... Chez l'époux que j'aurai,
Dans quelque rang que l'ombre encor me le dérobe,
Que je puisse augmenter la joie honnête et probe
De m'aimer et d'aimer aussi l'humanité,
Et je croirai tenir le bonheur souhaité.

MADAME DE CHEVREUSE.

Vous êtes la sublime héroïne, pareille
A celles que nous peint monsieur Pierre Corneille.

ISABELLE.

Moquez-vous! Toutefois, mon cœur n'est point faussé.

MADAME DE CHEVREUSE.

Mais, entre vous et nous, vous creusez le fossé.
Depuis ces derniers mois, vous avez des idées
Venant on ne sait d'où, bizarres, décidées,
Qui ne sont ni de votre âge ni de ce temps.

ISABELLE.

Qui sait? on les aura peut-être dans cent ans?

MADAME DE CHEVREUSE.

Enfin! Une partie assez grave se joue.
Par votre entêtement, notre projet échoue :
Bien loin de seconder Turenne et les royaux,
Pont-Rieux reste hostile et leur tend des panneaux.
Il eût pu décider la fortune incertaine.

ISABELLE.

Léger renfort! Combien d'hommes?... Une centaine!
Pour lui, s'il change ainsi de front en quelques jours,
J'ai grand'peur qu'il ne soit peu fixe en ses amours.

MADAME DE CHEVREUSE.

Et puis, que fallait-il? Un mot vague, un sourire?
Un baiser nous suffit quand on ne veut rien dire.

ISABELLE.

Ah! madame, jamais!

MADAME DE CHEVREUSE.

   Songez qu'en tout ceci
Je voulais votre bien.

ISABELLE.

Lui, le cherchait aussi !

MADAME DE CHEVREUSE.

De l'esprit !

ISABELLE.

J'ai vécu si près de vous, madame !

MADAME DE CHEVREUSE, *courroucée.*

Brisons là ! Maintenant nous changerons de gamme.
Nous ne nous verrons plus, désormais ! Je le veux !
Allez à Port-Royal et prononcez vos vœux.

ISABELLE.

Pas encor : j'aime mieux la règle conjugale,
Le poids qu'on porte à deux, dont on a charge égale.
Quant au couvent, j'y suis depuis tantôt un jour :
La peur de l'ennemi m'indiqua ce séjour.

Malicieusement.

Une retraite — loin du monde militaire !
Jansénius me range à sa morale austère.
Ces dames m'ont offert un lit dans le dortoir.
Puisqu'il faut vous quitter, j'y retourne ce soir.
Mère Agnès doit se rendre à Paris. Sous son aile,
Dans peu je reverrai la maison paternelle.

MADAME DE CHEVREUSE.

A merveille ! J'admire en vous la volonté
De braver l'aventure en toute liberté.
Enfant d'un père intègre, un tel goût vous rabaisse.
Bel exemple à citer à ma fille l'abbesse !

ISABELLE.

Où pensez-vous que ma vertu coure un péril?
Vos conseils, à l'instant, font ce soin puéril.
Les mœurs autour de nous sont d'allure assez ample;
Mais, Dieu merci! je crois suivre le bon exemple!
L'audace manque-t-elle aux femmes de ce temps?
Montpensier, Longueville, emmi les combattants,
Cavalcadent, cheveux au vent, cerveau perplexe:
La Fronde, en ces trois ans, semble affranchir le sexe.
Vous-même... C'est vraiment une course au clocher.
Rassurez-vous pour moi! S'il me fallait chercher
Quelqu'un dont la présence ici me chaperonne,
Je trouverais... Tenez!

*Entrée brusque de Gilonne. Isabelle et madame de Chevreuse
se dissimulent au pied du gros arbre, restant seulement en
vue du public.*

Cette femme... Gilonne.

SCÈNE III

LES MÊMES, GILONNE, *puis, par groupes, successivement,* PAYSANS *sans armes, surgissant du chemin
creux où de rapides colloques s'engagent entre les arri-
vants et les Milonais.*

UNE SENTINELLE, *sur le talus.*

Qui vive?

GILONNE.

Laissez-les passer. Moi, j'en réponds.
Des environs, tertous. Des amis.

UN PAYSAN.

Et des bons!

GILONNE, *regardant la table.*

Si l'on ne croirait pas que l'on a fait bombance!
Où déterrer de quoi payer cette dépense?
Délogés, les goûteurs; terminé, le goûté!
Tiens! un restant de vin... Mettons-le de côté...

*Elle court à sa hutte. En revenant, elle aperçoit Isabelle et
madame de Chevreuse assises sur les racines du hêtre. Révérence.*

Madame la duchesse auprès de notre bonne
Demoiselle!... Salut, mesdames!

ISABELLE.

Bien, Gilonne!

GILONNE, *aux paysans.*

Vous, si vous avez faim, faites comme chez vous!

Quelques-uns s'emparent des reliefs du repas.

Rapprochée des deux femmes.

Bayez-moi ces gamins, là-bas : des dents de loups!
Des anges affamés croquant votre desserte.
Gardons-les pour cueillir l'alise et la noix verte.

Montrant ce qu'elle porte dans son tablier.

Tout de même, un corbeau fait un bon pot-au-feu.
Mais les traîneurs de sabre en laissent vraiment peu.
Un gascon, cet Henri, qui promettait la poule

Les dimanches!... Enfin, pas vrai?... Pierre qui roule...
Et nous roulons... Et j'ai roulé!

ISABELLE, *à madame de Chevreuse qui veut s'éloigner.*

C'est curieux!
Restez! Vous attendiez monsieur de Pont-Rieux.

GILONNE. *Elle indique l'un après l'autre quelques paysans
qui se dispersent sur la scène, l'un balafré au front.*

Ce beau gaillard... marqué d'un coup de pertuisane,
Au siège de... très loin...

DEUXIÈME PAYSAN.

Oh! quelle paysanne!
De Brissac, on t'a dit cent fois.

A madame de Chevreuse.

J'étais alors,
Sous le cardinal-duc, dans les archers du corps.

GILONNE.

Fut-che! Tu n'en vas pas faire une maladie.
Parle-moi des « Enfants perdus de Picardie ».
Tous des pareils à moi.

Elle cherche un visage de connaissance.

Frisé, n'êtes-vous pas
De Rambouillet?

TROISIÈME PAYSAN.

Non, sur la route : Maurepas,
En tirant vers Houdan. Je travaille aux carrières
De Vauhallan, pas loin du Buisson-de-Verrières.

QUATRIÈME PAYSAN, *arrivant du fond, la face*
et les mains noires.

Moi, je fais du charbon.

GILONNE.

Vrai? C'est facile à voir.

QUATRIÈME PAYSAN, *réjoui, plaisant.*

Duvivier, dit Satan, moins diable qu'il n'est noir.

GILONNE, *à un autre qui le suivait.*

Pierrot, le boulanger, approchant son contraire;
Moins blanc qu'il ne paraît. — Croiriez-vous? C'est son frèr

CINQUIÈME PAYSAN.

Plus d'ouvrage au fournil, plus rien!

GILONNE, *au charbonnier qui s'approche d'elle et fait mine*
de l'embrasser.

Va prendre un bain!

Au boulanger.

Pierrot, l'homme ne vit pas seulement de pain.

CINQUIÈME PAYSAN.

Tiens! Je m'en aperçois, puisque j'existe encore!

ISABELLE.

O gaîté des Français, que rien n'abat!...

MADAME DE CHEVREUSE, *haussant les épaules, à part.*

Pécore!

GILONNE, *à un autre qu'elle toise du regard.*

Toi, tu n'as pas forci depuis l'été dernier.

ISABELLE, *à madame de Chevreuse.*

Un tisserand qui fut quelque peu faux-saunier.

GILONNE, *à un autre.*

Berger, qu'on dit habile aux choses... chirurgiques,
Tu me les apprendras, tes paroles magiques;
Tu me l'enseigneras, ton art de rebouteux?

SIXIÈME PAYSAN.

Oui, nous saurons guérir les blessés, tous les deux.

GILONNE.

Colas, le farinier du moulin de la Mare,
Ainsi que ses pareils, faiseur de tintamarre,
Coureur de filles ..

COLAS.

Oh! pour ça!

GILONNE.

Ne dis pas non!
Dans le Ponthieu, chez nous, ils ont mauvais renom :
Ils vous portent les sacs, lourds de mouture, aux femmes,
Quand les maris sont dans les champs...

COLAS.

Tu nous diffames,
Vieille hase! — L'on est navré. — Je te défends!...

GILONNE, *à un vieillard.*

Et vous, mon père André, comment vont les enfants?

ISABELLE.

Et la maison, si blanche au soleil?... Et la mère!

SEPTIÈME PAYSAN.

Mes trois garçons?... Partis, disparus...

ISABELLE, *à madame de Chevreuse.*

                  C'est le maire
D'un tout petit endroit : Montigny. — Vous savez :
Près des Granges.

GILONNE.

       Vous donc, les derniers arrivés,
Vieux et jeunes, petits et grands, de triste mine,
Éclopés qu'a conduits par la main la famine,
Vous venez apporter votre aide aux Milonais?

PLUSIEURS VOIX.

Oui! — Des armes!

GILONNE.

       Chevaux de renfort sans harnais!

ISABELLE, *à madame de Chevreuse.*

Vous connaissiez le beau côté de cette guerre :
Voici l'autre, terrible au bas peuple, au vulgaire.

HUITIÈME PAYSAN.

Mais où diantre est-il donc, son capitaine Jean?

GILONNE. *Elle prend la main d'un enfant.*

Par ici. — Viens, mon tiot, je serai ta maman.
         Mouvement général vers la droite.

ISABELLE.

C'est sa coadjutrice. — Oh! je suis tout émue!

GILONNE, *sortant la dernière, à madame de Chevreuse.*

Bientôt, vous passerez notre armée en revue.

ISABELLE, *ayant suivi des yeux les gens qui s'en vont, se retourne et arrête son regard sur un point invisible au spectateur, du côté de la vallée, vers la gauche.*

Mais c'est lui! Voyez donc : au bas du chemin creux.

MADAME DE CHEVREUSE.

Qu'est-ce?

ISABELLE.

Un homme.

MADAME DE CHEVREUSE.

En effet! — Eh bien?

ISABELLE.

Notre amoureux.

Je me sauve!

MADAME DE CHEVREUSE, *aigre.*

Vraiment?... C'est aimable!... A votre aise!

ISABELLE.

Moi, je m'enrôle aussi. Je me fais Milonaise!

Elle s'élance à la suite des paysans.

SCÈNE IV

MADAME DE CHEVREUSE, PONT-RIEUX.

PONT-RIEUX, *grande tenue, ganté.*

Mille grâces, duchesse!

MADAME DE CHEVREUSE.

Allons donc! Vous voici!
Être exact n'a jamais été votre souci.

PONT-RIEUX.

Cruelle!... Mes soldats...

MADAME DE CHEVREUSE.

Du moins pour Isabelle,
Un peu de diligence.

PONT-RIEUX.

Où donc est cette belle?

MADAME DE CHEVREUSE.

Déjà loin!

PONT-RIEUX.

De deux cœurs, je garde le plus doux :
C'était vous qui m'aviez assigné rendez-vous.
Seuls, nous goûterons mieux l'ivresse d'être ensemble.

MADAME DE CHEVREUSE.

Un refus tout à plat... Le père aussi, ce semble.
Le lien d'eux à moi se tend à se briser.
Du reste, et malgré moi, ses façons de penser,
Communes, sans fierté, sentent leur petit monde,
Le temps des Amadis et la première Fronde.

PONT-RIEUX.

Fi donc! à sa roture accoler mon blason!

MADAME DE CHEVREUSE.

Avouez-le : si son esprit, hors de saison,
Subit on ne sait trop quelles métamorphoses,
Vous, vous manquez de tact et vous brusquez les choses.

PONT-RIEUX.

Vous vous en plaigniez moins, jadis, sans rien celer!

MADAME DE CHEVREUSE.

C'est presque impertinent de me le rappeler!
J'ai cinquante ans bientôt... et très bonne mémoire.

PONT-RIEUX.

Pour la première fois, je refuse à vous croire.

MADAME DE CHEVREUSE.

Si j'ai pris liaison avec vous, à la Cour,
Ce fut pure folie et passade d'amour :
Minute de surprise, elle fut sans seconde.
Restez sage, si vous voulez que je seconde,
Sans traverses, vos plans de bel ambitieux.

PONT-RIEUX.

Sont-ce pas vos conseils qui m'ouvrirent les yeux!

MADAME DE CHEVREUSE.

Soit! Mais ne touchons pas aux cendres, aux ruines.
Et que Chevreuse, en moi, fasse oublier Luynes!

PONT-RIEUX.

Oublierai-je jamais, moi, ce que je vous dois,
Et que mon avenir tient dans ces jolis doigts?

Il lui baise longuement la main.

MADAME DE CHEVREUSE, *à part.*

M'en poursuivra-t-il jusqu'au delà de la tombe?

Haut.

On vous dénichera moins farouche colombe.

A part.

Ah! plutôt dix amants muets dans mon passé,
Qu'un indiscret pareil!

Haut.

                     Courons au plus pressé.
Que faites-vous, céans?

PONT-RIEUX.

                     Mais, ma chère Marie,
Je ne combats, non plus que je ne me marie.
Las d'attendre qu'on daigne enfin se décider,
Je vais tirer pays, demain. — Sans débrider,
Je marche sur Ablon, sans plus. — Quelle risée :
Partout, autour de nous, la contrée épuisée!
Cinq jours, le ventre creux! — Gare au premier hameau
Que nous traverserons, de Gif à Longjumeau!
Ah! les plaines d'Artois, les vignes de Bourgogne!...
Contre moi, mes dragons grommellent sans vergogne!

— Eux qui s'en vont toujours, l'injure ou la chanson
Aux dents, ils m'ont dû faire un tour de leur façon,
Car tout à l'heure, un peu partout dans la vallée,
J'ai, sans en voir un seul, fait sonner l'assemblée.

MADAME DE CHEVREUSE.

Trompettez-leur la solde, on les reverra bien.

PONT-RIEUX.

C'est que... j'attends les fonds... d'ici là, nul moyen...

MADAME DE CHEVREUSE.

Cherchons leur piste. Et puis, en femme très pratique,
Je leur partage, ensuite, un puissant viatique.

PONT-RIEUX.

Vers le château, là-haut, peut-être qu'en effet...

MADAME DE CHEVREUSE.

Vous verrez quel sergent recruteur j'aurais fait!
C'est dit! Et pour l'amour de vous, je me hasarde.

PONT-RIEUX.

J'ai conservé tout près d'ici ceux de ma garde.
Ils vont nous suivre.

MADAME DE CHEVREUSE.

       Bon! Au château, de ce pas!
Mars, votre bras!

*Paraissent tout à coup Sauvegrain, Gilonne, Isabelle, Arnauld
d'Andilly, Le Houx, Régnier et les paysans nouvellement
armés.*

SCÈNE V

Les Mêmes, SAUVEGRAIN, GILONNE, ISA-
BELLE, ARNAULD D'ANDILLY, LE HOUX,
RÉGNIER et Paysans.

SAUVEGRAIN, *les bras au large, flanqué
de ses deux lieutenants Le Houx et Régnier, barre le chemin.*

Monsieur, vous ne passerez pas!

PONT-RIEUX.

Qui m'empêcherait?

SAUVEGRAIN.

Moi!

PONT-RIEUX.

Ce roquet... il veut mordre!

C'est plaisant!

SAUVEGRAIN.

Plaisant?... pas pour vous... Tel est mon ordre!

MADAME DE CHEVREUSE.

Un ordre?

PONT-RIEUX.

Vous?

SAUVEGRAIN.

Oui, moi!

PONT-RIEUX, *tourné vers le fond, appelant, rageur,*
ses soldats invisibles.

Sans-Quartier!... Toujours-Prêt!...
A moi!... Sus!... Sus!...

RÉGNIER.

Ils sont allés toucher leur prêt!

Les Milonais l'entourent. Il se débat.

MADAME DE CHEVREUSE, *à Isabelle.*

C'est odieux!

PONT-RIEUX.

Guinguette! Aux armes! Des Courtines!
Frappe-d'abord!

LE HOUX.

Ils font Gille!

GILONNE.

Ils chantent matines.

PONT-RIEUX.

Partis?... Tas de valets! Nous nous en souviendrons.
Mais c'est un guet-apens!

SAUVEGRAIN.

Pas de cris fanfarons.
Plutôt contraignez-vous. Assez de violence.
Songez-y bien : je peux vous réduire au silence.

Il écarte le cercle de plus en plus étroit des Milonais. Et, très
maître de lui-même, regarde, bras croisés, l'officier.

PONT-RIEUX, *à madame de Chevreuse.*

C'est un piège de vous, ce rendez-vous donné.
Je vous gênais... C'est fort savamment combiné.

MADAME DE CHEVREUSE.

Vous perdez la raison, mon cher!

PONT-RIEUX, *cherchant à qui s'en prendre.*

C'est Isabelle!

GILONNE.

Oh! quand on est poli, l'on dit : Mademoiselle.

ISABELLE.

Le monstre!

ARNAULD D'ANDILLY.

J'en réponds : nul complot préconçu.
Je l'ai suivi partout. Comment aurait-il su?

ISABELLE.

Fi donc!... Tourmentée, oui, certes!... mais non traîtresse!

PONT-RIEUX.

Eh! quoi de surprenant, puisqu'elle est sa maîtresse?

SAUVEGRAIN, *tirant son épée.*

Misérable!

Mouvement des Milonais vers l'officier.

ISABELLE, *à part, se rapprochant de Gilonne.*

Il m'aime! oh! je le sens, je le vois!

SAUVEGRAIN, *impérieusement.*

Assez!

A part, remettant l'épée au fourreau.

Je veux me vaincre une seconde fois!

Haut.

Vous mentez, insulteur maudit!

ISABELLE, *à part.*

Toujours se taire!

PONT-RIEUX, *railleur.*

Elle m'a dit ne pas vouloir d'un militaire.
Cependant, vous... C'est vrai que vous l'êtes si peu!

SAUVEGRAIN, *outré.*

Encore un mot, tenez, vous êtes mort!...

MADAME DE CHEVREUSE.

Grand Dieu!

Vous allez le traiter, j'espère, en camarade,
Capitaine? Tous deux avez le même grade.

SAUVEGRAIN.

N'ayez crainte! Un cachot bien au sec et secret...
Mais mon respect pour vous me paralyserait.
Veuillez vous retirer. Je vous jure d'avance
De vous mettre au courant.

A ses lieutenants.

S'ils sont de connivence,
Elle ne pourra pas entraver mon dessein.

MADAME DE CHEVREUSE.

Horreur! Penser trouver peut-être un assassin
Dans l'un de nos vassaux!... Le duc saura...

SAUVEGRAIN.

Madame,

Si le duc doit apprendre, un jour, ce que je trame,
Ici, parmi les miens, paisible, recueilli,
Il verra, sur la foi de monsieur d'Andilly,
Si je mérite encor quelque phrase d'éloge.

GILONNE.

Et d'abord, charbonnier est maître dans sa loge !

SAUVEGRAIN, *commandant.*

Milonais ! Sur deux rangs !

*Les soldats forment la double haie au passage de madame de
Chevreuse, d'Arnauld d'Andilly et de leurs deux laquais,
revenus au bruit de l'incident.*

Saluez !

GILONNE.

Bien, mon fieu !

PONT-RIEUX, *à madame de Chevreuse.*

Je vous dis : Au revoir !

MADAME DE CHEVREUSE, *à Isabelle.*

Vous, je vous dis : Adieu !

SCÈNE VI

LES MÊMES, *moins* MADAME DE CHEVREUSE,
D'ANDILLY *et* LEUR SUITE.

GILONNE.

Prends soin, mon Sauvegrain! Écoute-moi!

SAUVEGRAIN.

Gilonne,
Reste calme. Point n'est besoin qu'on me talonne.

PONT-RIEUX.

Expliquez-moi... Me faire attendre... C'est mortel!

SAUVEGRAIN, *très posément.*

Voilà... Nos gens, vers l'aube, à Gometz-le-Châtel,
Saisirent un hussard gardant à votre adresse
Certain message dont la teneur m'intéresse,
Que j'ai là....

PONT-RIEUX, *tendant la main.*

Bon!

SAUVEGRAIN.

Non pas!

Il fait signe à Régnier de le tenir à distance.

A toi, mon lieutenant!

PONT-RIEUX.

Bah ! vous interceptez les courriers, maintenant ?
Pour moins, je donnerais l'ordre qu'on vous bâtonne.

SAUVEGRAIN.

Le bâton peut changer de mains, Dieu me pardonne !

Il consulte la missive.

On vous dit de plier bagages sans surseoir,
Avec vos carabins bien payés... dès ce soir...
Les deux petits canons... toute la caravane.
C'est signé Wurtemberg et daté de Brévanne.

PONT-RIEUX, *à part.*

Trop tard !

Haut.

L'homme ?... Il portait de l'or ?

RÉGNIER, *vers qui Sauvegrain s'est tourné.*

Pas un écu.

SAUVEGRAIN.

On vous l'aurait remis, soyez-en convaincu.
Mais chez nous, à quoi bon des louis ?... Pourquoi faire ?

PONT-RIEUX, *menaçant.*

Nous nous retrouverons, tous les deux !

SAUVEGRAIN.

Pas d'affaire !

PONT-RIEUX.

Alors, je pars. Il sied d'abréger l'entretien.

SAUVEGRAIN.

C'est que... j'ai décidé, moi, qu'il n'en serait rien.
Et que quelques brigands — ceux-ci — vont vous conduire
Dans un endroit où vous ne pourrez plus nous nuire,
Jusqu'à la paix. — Qui sait? Une semaine ou deux?
Tenez-vous en repos. Je ne réponds pas d'eux!

PONT-RIEUX.

Le roi...

SAUVEGRAIN.

Laissons le roi. Pensez à votre troupe.
A vos pandours, jeûnant d'argent comme de soupe...
N'ayant rien à nous prendre, à bout d'expédient,
Fort mal vengés de vous en nous incendiant,
Les voici débandés ou réduits...

LE HOUX.

C'est à croire :
Cinq sont là, ficelés comme chapons en foire.
Le reste... évanouis.

SAUVEGRAIN.

Ne les rappelons pas :
Plus de fuyards, pour nous un peu plus de repas.
Quant à vous, vous allez me rendre votre épée.

PONT-RIEUX.

Jamais!

Quelques Milonais la lui enlèvent après une courte lutte.

RÉGNIER *s'incline ironiquement,*
la prend, la donne à Gilonne, qui la porte dans sa cabane.

Merci!

SAUVEGRAIN.

Pour peu de temps inoccupée.
Venez la prendre au jour du sérieux danger,
S'il faut battre à nouveau l'ennemi, — l'étranger, —
Non des Français, pour ou contre monsieur le Prince.

PONT-RIEUX.

Rustre! Croyez-vous donc que l'intérêt soit mince?
Des grands qu'on a lésés, des nobles, des prélats...

SAUVEGRAIN.

Et nous, le peuple? Nous? Vous ne songez donc pas
Que si les grands sont grands, à nos yeux, pauvres drôles,
C'est que nous les portons sur nos propres épaules!

PONT-RIEUX, *ironique, à Isabelle.*

A merveille! Monsieur Courtin deux : son écho!
Ouvrez le Parlement à son *alter ego!*

ISABELLE.

A coup sûr, si le seul désir de la justice
Était la loi qu'il faut que l'on approfondisse;
Si le savoir du cœur suffisait au petit,
A l'humble, il se pourrait faire qu'on l'entendit.
Omer Talon, Broussais, Molé sont de sa race;
François Miron voudrait lui désigner sa place.

PONT-RIEUX.

Dieu! quels noms! Mironton, mirontaine!... Un talon!

SAUVEGRAIN.

Laissez, mademoiselle! Il va rire à Milon,

Au fond de la carrière : un trou qui fut ma cave.
Il priera pour la paix et fera moins le brave.

Aux soldats qui emmènent Pont-Rieux.

C'est prêt, là-bas ? Partez ! Pour Paris et le Roi !

GILONNE.

Jean, c'est mal avisé... Si j'étais que de toi...

SAUVEGRAIN.

Ah ! tête de Picarde !... Oui, tu redeviens folle !

A Pont-Rieux.

Mais j'oubliais. J'exige encor votre parole
D'officier, de ne pas vous évader. — Jurez !

PONT-RIEUX, *faiblement.*

Je le jure !

GILONNE.

Des mots à peine murmurés.

Sortent Pont-Rieux et ses gardiens.

SCÈNE VII

SAUVEGRAIN, ISABELLE,
GILONNE, LE HOUX, RÉGNIER
et QUELQUES MILONAIS.

SAUVEGRAIN, *pendant qu'Isabelle regarde disparaître
sous bois l'officier.*

Dire que je ne peux châtier ce bélitre !
Moi, la défendre ?... Mais de quel droit, à quel titre ?

D'elle, je n'ai reçu qu'un nom... pas un baiser!

    A Gilonne.

Oh! ce serpent! j'aurais besoin de l'écraser.

GILONNE.

Déjà tu t'es trahi... Va, dissimule encore.
On croirait...

SAUVEGRAIN.

        Que je l'aime, elle? oh! non... je l'adore!
Un culte!... Est-ce qu'on aime un ange, une vertu?

GILONNE.

Mon beau coq, c'est mauvais pour nous, l'amour, vois-tu?
C'est pour ceux de la Cour, les femmes de sa caste!

SAUVEGRAIN.

Puis, l'homme que je veux être doit rester chaste.

    A part.

Mon cœur, quels sentiments te tiennent partagé!
Gonfle-toi, nourris-toi de la peine que j'ai!
Faire l'œuvre, dans l'ombre, afin qu'elle en soit fière!

ISABELLE, *redescendant, à Gilonne.*

Vous me reconduirez?

SAUVEGRAIN, *à Le Houx. Quelques hommes,*
aux différents plans, mettent en ordre les choses apportées.

Tu gardes la rivière?

LE HOUX.

Oui, chef.

SAUVEGRAIN.

Ah!... vos rapports?

LE HOUX.

            Pas grand'chose : Aubertin
A volé la cognée à Morel, ce matin.
Jacques est ivre.

SAUVEGRAIN.

       Ah! bah! Comment n'être pas sobre?
On ne bat plus le ban des vendanges d'octobre.
Qu'ils s'en aillent! — Au fait! non. — Mais répète-leur
Que notre règle exclut l'ivrogne et le voleur.
Sans peur, la Milonaise est aussi sans reproche.

RÉGNIER.

A Montlhéry, l'on dit qu'une trêve est très proche.

SAUVEGRAIN.

Bien! L'officier ici ne va pas hiverner.
Tâchez de lui trouver, tout de même, un dîner.

RÉGNIER, *écoutant.*

Le canon... Là, vers l'Est... Oui.

SAUVEGRAIN.

           Tu cours comme un lièvre,
Régnier : demain, tu vas faire un tour jusqu'à Bièvre;
Tu reviens par Jouy, Vauptain et le Haut-Buc.
Le Houx reste. Pour moi, j'irai parler au duc,
A Dampierre.

     Aux nouveaux venus, vers le fond.

        Activons! Ce n'est pas toujours fête!

Quèlques-uns viennent près de lui, sur le devant.

Vous autres, vous savez la convention faite :
Sagesse, discipline et, — l'on n'est pas vantard ! —
Du pain... quand on pourra. Pour de l'argent... plus tard !
Signons un billet dont la bonne foi réponde.

Poignées de mains. Rires.

Fais-nous mûrir ton or, future moisson blonde !

ISABELLE, *prenant des colchiques sur la table.*

J'y songe !... Vous n'avez pour votre régiment
Aucun emblème, aucun signe de ralliement :
. Gardez cette fleur qui... peut-être... vous rappelle,
Ainsi qu'à moi...

SAUVEGRAIN, *bas, prononçant son nom involontairement.*

                    Je vous en supplie, Isabelle !
Oubliez !

ISABELLE, *de même.*

    Moi?... de plus en plus je me souviens.

Haut.

Et que tout combat cesse entre concitoyens !

GILONNE *va à son tour prendre une fleur.*

Des « veilleuses ». Pour nous le signal des veillées,
Des soirs qu'on passe au chaud des bêtes établées,
Près des crèches, quand dort l'ânesse ou le cheval.

*Isabelle distribue les fleurs aux hommes qui les fixent à leurs
chapeaux.*

ISABELLE.

Eh bien, veillez !... veillez !... sur la plaine et le val ;

Veillez sur votre glèbe amie où le blé germe ;
Veillez sur le moulin qui fait signe à la ferme ;
Veillez contre l'assaut même des éléments :
Des ennemis encor, moins que l'autre incléments...
Si jamais l'un de vous, que le doute visite,
Sent que sa foi chancelle et son courage hésite,
Ah ! qu'il tourne, un instant, ses yeux las, ses yeux lourds,
Vers celui-ci, celui qui veillera toujours !

LES MILONAIS.

Vive le capitaine !

Des femmes entrent au fond. La Renaude, son nourrisson au bras. Un vieillard, marchant péniblement. Mouvements divers laissant libre le devant de la scène.

SAUVEGRAIN, *caché avec Isabelle par le roncier, au pied du grand hêtre.*

Ah ! c'est vous qu'on acclame !

ISABELLE.

C'est que mon âme atteint la hauteur d'une autre âme !

SAUVEGRAIN.

Et moi, j'écoute en moi l'écho d'un autre cœur !
C'est l'exaltation suprême, dite en chœur.
Oui, vous savez la phrase admirable, si grave,
Si noble, qu'en leur dur esprit elle se grave !
Il me semble que vous me révélez, à moi,
Comme un instinct vague et confus, — je ne sais quoi,
Que je soupçonne : — un peu d'ardeur et de bravoure :
Tels ces vieux sous tournois trouvés quand on laboure.

ISABELLE.

Sauvegrain, Sauvegrain! Combien vous y tenez,
A cette terre où vos pieds sont enracinés!

SAUVEGRAIN.

C'est ma mère nourrice. En ma vie ignorée,
J'ai borné mes regards à ma seule contrée.
S'il est étroit, le ciel, contemplé de mon puits,
Je me dresse, pour voir aussi loin que je puis.

ISABELLE.

Mais...

Un temps.

   Si l'on vous offrait un plus grand cercle encore?...
Dans cette nuit, si l'on faisait poindre l'aurore?...
Si pour le villageois s'entr'ouvrait la cité?...
Car maint emploi convient à votre activité :
Plus digne de vous, moins obscur...

SAUVEGRAIN.

                Quoi! dans les villes...
Transplanté, végétant dans des métiers serviles!...

A part.

Paris!... C'est vivre dans son ombre, l'approcher!...

Haut.

En ville?... Mais j'y vais souvent... Un maraîcher!

ISABELLE.

On souffre, à Port-Royal, de vous voir dans ce bagne.
Répondez, dès demain l'on se met en campagne.
Voyons!... Par amitié pour moi!

SAUVEGRAIN, *voyant Gilonne qui, de temps en temps,*
les regarde à la dérobée.
                              Parlez plus bas!
Par... amitié pour vous?... Oh! ne me tentez pas.
C'est par respect pour vous qu'il faut que je renonce.
Ce nom que je vous dois, c'est toute ma réponse :
Sauvegrain! La barrière et le but à la fois.

ISABELLE, *à part.*

Oh! quelle émotion se trahit dans sa voix!
          Haut.
Vous vous vouliez ici créer une famille?

SAUVEGRAIN.

Non! non! J'ai peur, ô belle et douce jeune fille,
De marier la faim avec la pauvreté,
Si mon douloureux être, un instant exalté,
Plus tard, à quelque enfant confiante se donne.
— Il faut qu'autour de moi ce soit toujours l'automne! —
Non, la vie est un mal, souvent!

ISABELLE.

                              C'est blasphémer!
A tous, il est prescrit d'être aimés et d'aimer.
Oui, Dieu le veut! Il faut qu'on se livre et qu'on croie.
Aimer, c'est exister pour d'autres! — C'est la joie
Qu'on partage, tout en l'augmentant. — Dans vos champs,
Vous autres, vous suivez librement vos penchants,
Sans qu'on ne vous impose un choix qui vous offense.
Et l'amour s'appelait amitié, dès l'enfance.

SAUVEGRAIN. *Il s'assied sur la racine.*

Moi?... Jamais!...

ISABELLE.

Côte à côte, et la main dans la main,
Vous espérez, au bout du coutumier chemin,
La chaumière des vieux où grimpe un chèvrefeuille.
Pour être heureux, il faut seulement qu'on se veuille.
Entre vous, nuls discours précieux, fatigants.
Les filles ne sont pas en butte aux intrigants.
Et, sans que s'alarmer leur semble nécessaire,
Elles devinent bien la passion sincère.

SAUVEGRAIN.

Cet homme!... L'officier, n'est-ce pas?

ISABELLE.

Pas plus lui
Que tant d'autres... J'en suis délivrée, aujourd'hui.
Merci!

SAUVEGRAIN.

J'ai dû, malgré que tout me le défende,
Et que de vous à moi la distance soit grande,
Empêcher...

ISABELLE, *venant se placer auprès de lui.*

La distance?...

SAUVEGRAIN.

...Un soudard effronté...

ISABELLE.

Un sentiment nous rend voisins : la charité!

SAUVEGRAIN, *debout.*

Oui... l'amour du prochain. Dites par quel mystère
Cette grâce m'engage et ces yeux me font taire.

— Mes désirs de souffrir restent donc impuissants? —
Non, je n'avouerai pas tout ce que je ressens :
Je commettrais un crime en confessant ma faute !

Isabelle s'est levée également. Il la retient.

Ne partez pas !... Encore un peu... là... côte à côte !
Vous m'avez deviné, vous qui m'offrez, pourtant,
Toute une éternité de joie en cet instant !

ISABELLE, *revenant doucement vers lui.*

Jean !

*Elle lui abandonne une main qu'il presse longuement dans
les siennes.*

SAUVEGRAIN.

Isabelle !... Vous !

GILONNE, *s'avançant et les regardant.*

Pauvres enfants !

ISABELLE, *courant se réfugier dans les bras de la Picarde.*
À mi-voix.

Je l'aime !

Protégez-moi !

GILONNE.

De qui ?... De Jean ?

ISABELLE.

Non... de moi-même !

RIDEAU

ACTE IV

Un Héros paysan

La salle basse d'un moulin, sur la rivière de Port-Royal. Un peu de la roue s'aperçoit, au fond, par la large fenêtre ; par delà, la campagne. Vers le milieu, à gauche, second plan, la meule, placée horizontalement, surmontée de la trémie en bois, en forme de pyramide renversée. Solives visibles, au plafond, le long desquelles les rouages et les courroies. Poulies et cordes pour monter les sacs. — A droite, les blutoirs dans un enfoncement formé par l'étage auquel conduit un escalier en échelle fixe. Une galerie, en haut, face au spectateur. — Ustensiles épars : tamis, pelles, vieille meule hors d'usage, perches, sacs vides, dont quelques-uns entassés au premier plan, à droite. — De ce côté, la porte. — Nuit tombante. Clair de lune à partir de la scène VI.

SCÈNE PREMIÈRE

GILONNE, *assise sur la meule, le* VIEUX MEUNIER *en face d'elle, sur le bas de l'échelle.*

GILONNE.

Bon, ça! Toujours dans son caveau, le prisonnier?

LE MEUNIER.

Parbleu!

GILONNE.

Vous êtes sûr, alors, père meunier?

LE MEUNIER.

Et tenu de très près... Quand je vous le répète!...
La Picarde incrédule, elle hoche la tête...

GILONNE.

Des fois j'ai méfiance et j'en rêve la nuit,
Sursautant sur mon lit d'herbes au moindre bruit.
C'est mal prudent. Ce monstre, il faudra qu'on l'enchaîne.

LE MEUNIER.

Laissez donc! Il a tout prévu, le capitaine.
Il avait son projet, quand il s'est installé
Dans mon moulin que les bandits n'ont pas brûlé :
De là-haut s'aperçoit, par delà la rivière
Et les prés, la colline où s'ouvre la carrière.

GILONNE.

Qui sait?

LE MEUNIER.

Tiens!... Vous allez lui faire la leçon!...
Probable qu'il en sait plus que vous, ce garçon.
Du reste il a posté, près du trou, le Grand Pierre,
Maillard, Duvivier, puis Michel, la nuit dernière,
D'autres, se relayant...

GILONNE.

Michel?

LE MEUNIER.

De Palaiseau,
Qui fait les toits de paille et les toits de roseau.

GILONNE.

Si c'est Dieu possible!... Oui, ma tête se dérange...
C'est sa femme qui m'a recueillie en leur grange,
Voilà cinq ans, lorsque au matin, pâle d'effroi,
Mourante, je tombai sur le pavé du roi!...
Oh! je l'ai chère, allez, la brave créature!

LE MEUNIER.

Pour vous, plus que pour nous encor, la vie est dure,
Malgré votre courage et votre esprit subtil...
Dites donc : ce soldat, un noble, paraît-il,
Et cossu?

GILONNE.

        Fut-che!... Lui?... Gentilhomme de Beauce :
Ça reste dans le lit quand on recoud sa chausse!

LE MEUNIER.

La demoiselle?... Elle en tient donc pour notre Jean?
Un joli conjungo d'ici le jour de l'an!

GILONNE.

Taisez-vous, le meunier! Ces choses-là, c'est grave.
        Sentencieuse.
Qui peut dire : demain?
        Elle va vers la fenêtre qu'elle ouvre.

LE MEUNIER.

        Vous reluquez la cave?

GILONNE.

Non, vraiment!... un là-bas encore inobscurci,
Malgré la distance et le temps... bien loin d'ici.

LE MEUNIER.

Parlons de nos amours ! A quand le mariage,
A nous ?

GILONNE, *sortant de sa rêverie.*

Hein ? Quoi ?... Voyons, assez d'enfantillage,
Vieux bouc !

LE MEUNIER.

Vous ne pouvez demeurer toujours seule.
Moi, quand j'aurai de quoi me mettre sous la meule...
Vides, les derniers sacs, orge et méteil moulus...
Ma roue est débrayée : elle ne tourne plus ;
Mais vienne la moisson qui remplit la trémie,
Je peux vous être encore un bon parti, ma mie :
Meunier et boulanger, gaillard... et pas tyran.

Il l'entoure de ses bras.

Allons ! donnez la « taille » et qu'on y fasse un cran !

SCÈNE II

LES MÊMES *et* ISABELLE.

ISABELLE, *précipitamment.*

Le capitaine ? Vite ! Il faut que je le voie
A l'instant. Dites-lui... J'apporte de la joie
Pour lui, pour tous...

GILONNE.

Quoi donc ?

ISABELLE.

Lui, d'abord... Un secret...

LE MEUNIER.

Peut-être qu'à Milon on le rencontrerait.
Je m'en vais le quérir.

ISABELLE.

Oui.

LE MEUNIER.

Je vous le ramène.

Il sort.

SCÈNE III

GILONNE *et* ISABELLE.

ISABELLE.

Que devenez-vous donc depuis l'autre semaine ?
Supportez-vous sans trop de mal l'adversité ?

GILONNE.

Dame, les bois, c'est moins plaisant qu'en plein été !
Les hommes, passe encor ; mais nous, c'est effroyable !
C'est à songer d'avoir commerce avec le diable !
Du moins, là-haut, dans nos terriers insoupçonnés,
Où seuls nous trahiraient les pleurs des nouveau-nés,
Les doux archers du sel ne prendront pas nos hardes
Pour acquitter l'impôt et les dettes criardes.

ISABELLE.

J'ai le pressentiment — mieux même : un garant sùr —
D'un peu plus d'allégeance et d'un peu plus d'azur.

GILONNE.

Ah ! oui : l'espoir !... Un mot cruel qu'on devrait taire.
Laissez-moi ne plus croire à du bonheur sur terre !

ISABELLE.

Vos peines, Sauvegrain m'en parla certain jour :
Dépaysée, et sans famille et... sans amour !

GILONNE.

Sans amour !... Il ne reste en moi que de la haine.
Elle a refait mon sang, la passion malsaine !

ISABELLE.

Calmez-vous !... Cette voix dure... ces yeux d'acier !...

GILONNE.

O vengeance ! ô secret infernal du sorcier !...
Je n'ai pas eu toujours ces airs de mendiante.
Je fus épouse aimée et mère souriante.
Mon blond pays natal, aux maisons en torchis,
Aux ormes abritant des vents d'ouest le logis,
Aux ruisseaux poissonneux dentelés de tourbières,
Je ne te revois plus qu'en baissant les paupières !...
Le « Joli Mai » : la ferme avait ce nom fleuri :
— Un bien venant des grands-parents de mon mari. —
La huche débordait et l'armoire était pleine.
Sur l'étimier, des plats de vieille porcelaine
Brillaient. Devant la table au luxe peu coûteux,

Venaient pour le repas s'asseoir les aoûteux.
Comme on dit au village : on était à son aise.
Accorte, j'enfourchais ma jument boulonnaise,
Pour me rendre au marché d'Hesdin ou de Crécy.
Le fermier, m'entendant chanter, chantait aussi.
— Oh ! les vaches qu'on trait en relevant ses manches !
Les ducasses, le jeu de tamis des dimanches !...
Chaque fois mon Hubert m'en revenait vainqueur...
Il m'aimait à pleins bras, je l'aimais à plein cœur.
Si vous l'aviez connu, j'aurais été jalouse...
Et notre enfant ! — Depuis, j'en aurais nourri douze ! —
Notre Rose, berceau qui déjà gazouillait,
Joyeux de recevoir, près du grand lit douillet,
— Trésor qu'en s'endormant l'on surveille, l'on touche, —
Le trop-plein des baisers qui tombaient de ma bouche !

ISABELLE.

Je me crois quasi seule, au siècle où nous vivons,
A chérir la campagne en des rêves profonds.
Vous me la faites plus désirer, mieux connaître
Par ce tableau paisible où se ravit mon être.
Jamais roman ne m'a valu frisson pareil !

GILONNE.

Un rêve, ô jeune fille !... Hélas !... Mais le réveil...
Bientôt des étrangers envahirent la plaine.
C'était Pâques : colzas, trèfles, blés de couvraine
Commençaient à pointer, couleur de renouveau.
Un soir, comme on avait touché l'argent d'un veau,
On soupait. La servante emplissait les barattes...
Un grand bruit... Des bandits entrent : Hongrois, Croates,
Nous menaçant de mort par le fer, par le feu,

Jurant en des jargons incompris du bon Dieu.
Un démon de vingt ans guidait la meute immonde.
Nous n'avions nuls voisins proches, et pas grand monde.
Ils pillent, du cellier aux combles. — Par les pieds,
Mon homme est suspendu sur l'un de nos foyers.
Il se débat... dix contre un seul!... L'un brise un coffre.
L'autre fouille, exigeant toujours plus que je n'offre.
Le blanc-bec — il parlait et riait en français —
Le chef, que d'un effort nerveux je repoussais
En courant vers l'enfant, me poursuit dans ma chambre.
— Le nid vide! — J'ai peur!... Je résiste et me cambre.
La nuit tombait. Sans voir ses traits, en mon émoi,
Je bondis sur la main qu'il avance vers moi.
Tout en sueur et les vêtements en désordre,
Je lui tords le poignet et parviens à le mordre,
Surprise étrangement de la force que j'ai.
— Je crachais de sa chair!... — Il recule, enragé,
Mais pour jamais gardant l'empreinte du fer rouge.
Il disparaît, hurlant : « La coquine! la gouge! »
Mais son aboi de dogue impuissant est couvert
D'autres cris... Ah! ces cris d'appel!... Mon pauvre Hubert!...
Il expirait, tourné vers moi, dans les tortures!...

ISABELLE, *haletante.*

Gilonne!

GILONNE.

Et je franchis les courtils, les pâtures...

ISABELLE.

Mais l'enfant?

GILONNE.

Je fuyais, blême, les yeux hagards...

Ma fille?... Ah! oui...
D'une main elle se cache la figure.
                    Le four... Là, contre les hangars. .
Je l'avais tout bourré de bois, pour ma cuitée...
Il fumait!!! Je cherchais, farouche, déroutée,
Pourquoi le crépuscule était éblouissant :
— Si c'était de soleil, de flammes ou de sang!

ISABELLE.

Assez!... Vous vous rouvrez la plaie!... Est-ce possible?
Vous suffoquez... Moi, c'est l'étreinte de l'horrible.
Quel juste châtiment au soldat éhonté!

GILONNE.

C'est si loin que je crois qu'on me l'a raconté...
Alors, ce fut la course éperdue, insensée.
— Revenir? — Je n'en eus pas même la pensée.
— Ruinée! — Et je vis des choses et des gens,
Des pays, des pays toujours plus affligeants,
Au hasard, la Champagne après ma Picardie.
Par les maux de la France, augmentée, agrandie,
Ma blessure est plus vive encore, après quinze ans.
J'ai cherché le bourreau parmi les partisans,
Les reîtres déserteurs, les Danois, les Polacres,
Commettant cent fois plus de viols, de massacres,
Que mon esprit troublé n'en pouvait concevoir...
— Dites-moi si pour moi fleurit la fleur d'espoir!...
— La vie!... Oserait-on blâmer qui s'en délivre?...
Ici, Jean et les siens m'ont condamnée à vivre.

ISABELLE.

Et Jean et moi ferons exécuter l'arrêt.
Nous aurons du pain blanc pour trois...

GILONNE.

Mais... il faudrait?...

ISABELLE.

Oui! Oui!... Nous prendrons une intendante: Gilonne!

GILONNE.

Alors, c'est vrai? Pourtant, sauf respect, je m'étonne :
Vous, riche, épouser...

ISABELLE.

Riche?... Au moins ma dot suffit
Pour deux, et la culture en peut tirer profit.

GILONNE.

Ce démon! Il a dû vous composer un philtre,
Vous envoûter, de loin...

ISABELLE, *souriant.*

De près!

GILONNE.

Cela s'infiltre
En nous, l'amour. Prenez garde! Un poison divin
Qu'on savoure, suave au goût... Fatal levain
Dont il ne faut pas gros comme un grain de genièvre.
On est perdue avant d'en essuyer sa lèvre.
— Quand on vous insultait tous deux, il a frémi.
J'ai vu que vous l'aviez reconnu pour ami.

ISABELLE.

C'est à ce moment que mon âme s'est donnée.
Aucun autre à tel point ne m'a passionnée.

Chez tous, les sentiments mesquins, l'intérêt vil
Et la fourbe. — Chez lui, le bel élan viril,
L'oubli de soi devant les rigueurs de la vie.
Aussi, je viens. A son honneur je me confie.
Combien je le comprends, digne de nos pitiés,
Ame éternellement en deuil, que vous doutiez!
Mais moi, moi, j'ai l'ardeur intacte, ma jeunesse;
J'ai plein d'espoir!... Il faut que bientôt je connaisse,
Malgré vos pronostics, un supplice adoré.
Je réclame le droit d'aimer selon mon gré.

GILONNE.

Excusez si j'ai mal parlé... Qu'ajouterai-je?
« Protégez-moi », m'avez-vous dit. — Je vous protège!

ISABELLE.

Eh bien! non. Servez-moi d'un concours opportun.
Soyez complice du crime, si c'en est un.
Ah! conseillez-lui d'être heureux, pauvre Gilonne!
Un grand amour vaut bien les tourments qu'il nous donne!

Inquiète, arpentant la pièce.

Mais ce meunier, comme il reste longtemps dehors!

GILONNE.

Oh! pourtant, Jean n'est pas bien loin. J'y vais, alors.

Elle sort.

SCÈNE IV

ISABELLE, *seule.*

Qu'un peu moins de pudeur m'arrête et m'embarrasse !
J'aime ! O mon cher désir ! augmente mon audace !
Que m'importe qu'un monde où tout trompe, où tout ment,
Veuille taxer mon choix de fol égarement?...
Ces femmes, vais-je pas les prendre pour modèles?...
Plus haut qu'il n'est des siens, je m'estime loin d'elles.
S'il n'ose pas, d'un geste ému, cueillir le fruit,
La branche, sous ma main, se penchera vers lui.

SCÈNE V

ISABELLE, GILONNE *et* SAUVEGRAIN.
Lumière lunaire pénétrant par la fenêtre.

GILONNE.

Sur mes talons... Tenez!... Avais-je la berlue?...

A Jean, encore dehors.

Viens.

ISABELLE.

Réjouissons-nous, Jean ! La paix est conclue.

Toute hostilité cesse entre nous et messieurs
Les Princes.

SAUVEGRAIN.

Puissiez-vous dire vrai!

GILONNE.

Justes cieux!

ISABELLE.

Les nôtres, ceux du roi, s'éloignent vers la Brie.
Amnistie accordée à tous. Plus de tuerie!...
Turenne, dépourvu, sans poudre ni biscuit,
Fit son décampement, tout juste cette nuit,
Sans tambour ni trompette. Au loin, Sénart le couvre
De sa forêt. Majeur, le roi rentre en son Louvre.
Pris au piège, Condé ne décolère point...
D'où je tiens tous ces faits, exacts de point en point,
Direz-vous?... Pontchâteau, l'un des vieux solitaires
Qu'en hâte ont averti ses neveux, mousquetaires.
Vous n'auriez su cela que dans deux ou trois jours...
Le couvent en rumeur joyeuse, moi, j'accours :
Une légère averse accélérant ma marche.

SAUVEGRAIN.

O messagère ailée! ô colombe de l'arche!

GILONNE, *vers la sortie.*

Moi, je vais, puisque ici je ne sers plus de rien,
Aller conter...

SAUVEGRAIN.

Non! Pas un mot : tu m'entends bien?
Je dois...

GILONNE, *malicieuse.*

Te... concerter avec mademoiselle?

SAUVEGRAIN.

Oui.

GILONNE.

C'est bon! On retient sa langue, on se muselle.

SAUVEGRAIN.

Je veux voir, le premier, l'effet produit sur eux.

GILONNE.

Je m'en vais guetter.

Elle indique la galerie.

Dieu vous gard, beaux amoureux!

Elle gravit l'escalier en échelle de meunier, à droite, second plan, traverse la galerie et disparaît dans une chambre, du côté opposé.

SCÈNE VI

ISABELLE *et* SAUVEGRAIN.

ISABELLE.

Ami, les jours prochains montrent bonne figure.
La révolte écrasée, un règne s'inaugure,
Paisible. Désormais, vous n'allez plus honnir
Qui s'obstine à compter avec votre avenir.
On y croit, parmi nous. On vous sait une force.

SAUVEGRAIN.

Changeriez-vous ma sève en changeant mon écorce?

Je ne licencierai nos gens qu'après l'hiver.
Il me faut relever ce hameau qui m'est cher.
Et la moisson?... Songez qu'en pareille occurrence
Je suis mieux que leur chef : je suis leur espérance.

ISABELLE.

J'y consens. Mais de loin, mieux même que de près,
Votre zèle dirige encor leurs intérêts.
C'est tout profit pour eux, si votre sort prospère.
On parlera de vous aux amis de mon père :
Au docteur Gui Patin, que je verrai bientôt;
Au président Charton, à monsieur Renaudot,
Directeur des « Bureaux de rencontre et d'adresse ».
L'abbé Vincent nous fait une requête expresse :
Il a besoin d'agents laïques près de lui...
Préférez-vous l'emploi dans l'armée? Aujourd'hui
Qu'un soldat régulier va chasser le reître ivre,
Le roturier Fabert offre un exemple à suivre.

SAUVEGRAIN.

Tout homme élu par vous sera ce qu'il vous plaît.
Mais ne me veuillez pas courtisan ou valet!...
Dieu m'octroya ce lot pénible et sans prestige,
M'éloignant des sommets qui causent le vertige.
Le peu de qualités que l'on m'a reconnu
S'éclipserait devant l'orgueil du parvenu.
Laissez-moi ma cabane où s'ouvrent quelques roses!

ISABELLE.

Avec moi, vous auriez tenté de grandes choses.
Paris...

SAUVEGRAIN.

Combien, privant la terre de leurs mains,
Grouillent dans ce Paris, encombrent les chemins,
Aiguisant aux pavés leur âpreté féroce !...
Moi, bête de renfort, m'atteler au carrosse !
Moi, qui, traçant la voie au maigre limonier,
Pour tout coup de bâton donne un coup de collier !...

ISABELLE.

Il dit vrai !... Comment vous blâmer, moi qui préfère
Notre milieu bourgeois à quelque haute sphère ?
Pourtant, sans hésiter, je le sacrifierais,
Si quelque noble cœur aux battements discrets
Me promettait la joie en sa route inconnue !

A elle-même.

Voyons ! C'est trop de crainte et trop de retenue.

Haut.

Que fossés et remparts d'un mot soient nivelés !
Gilonne m'absoudra, car vous m'ensorcelez.

Élan de tendresse.

Comprends, mon Jean : je t'aime !... Ah ! devine, devine
Tout ce qu'elle contient, cette phrase divine !...
Ta lèvre, d'où s'en va l'effroi du premier jour,
Tout bas m'a renvoyé l'écho de mon amour !

SAUVEGRAIN. *Explosion de passion contenue.*

Oh ! cette ivresse !... Oh ! cette extase !... Et j'avais crainte,
Infime, de jeter les yeux sur cette sainte !
Sa voix exalte tout mon être transformé...
Je suis aimé !... Je suis aimé !!!... Je suis aimé !!!...

Eux autres?... Si je m'en croyais, j'irais leur dire :
« De quoi vous plaignez-vous? Bien fini, le martyre!
La malefaim, le froid terrible à vos poumons :
Qu'est tout cela puisqu'elle et moi nous nous aimons? »

Revirement brusque.

Non! non! C'est l'égoïsme odieux, la démence!...
Et ma dette envers eux?... Mon trouble recommence.
Hélas! tout nous sépare, et les mœurs et le rang!
Devant vous, je devais paraître indifférent,
Tâcher de refouler l'impression profonde...
Un remueur de boue, est-ce que c'est du monde?
Du grillon, de ce frère obscur de la fourmi,
Le lis, royale fleur, ne fait pas son ami.

ISABELLE.

Quand la plaine, en juillet, de l'aube au crépuscule,
Subit comme un brasier l'ardente canicule
Qui fendille la roche et sèche le sillon,
Si la fleur voit le mal dont souffre le grillon,
Elle incline vers lui sa coupe de rosée.
— Sait-on si le grillon l'a jamais refusée?

SAUVEGRAIN.

Pensez donc : dans ce monde où vous me conduisez,
Combien, par la bassesse et l'envie abusés,
Railleraient votre choix, suspecteraient mon culte!
Alors, je ne serais plus muet sous l'insulte!

ISABELLE.

Notre temps, table ouverte à tous les appétits,
Laisse bien voisiner les grands et les petits.

SAUVEGRAIN.

Cessez de m'affoler par cette humeur si douce.
Pitié!... Que votre main m'éloigne, me repousse!
Votre fortune...

ISABELLE.

Encor cet obstacle à présent!
Je puis l'abandonner toute à monsieur Vincent.

SAUVEGRAIN.

Non. Pour achever l'œuvre, épandez-la vous-même :
Être bons pour autrui, c'est prouver que l'on s'aime.
Mais moi, vraiment, je suis indigne... Un paysan,
C'est vil! Oh! combien peu de vertu! Jugez-en :
Penchez-vous sur cette âme affreuse : un triste livre!
J'ai fait de faux serments, j'ai dérobé pour vivre,
Furtif, la tête basse, ainsi qu'un pauvre chien.

ISABELLE.

Le mensonge sublime!... Allez! je n'en crois rien.
Pourquoi vous accuser d'un crime imaginaire?
Pensez-vous entre nous appeler le tonnerre?
Fussiez-vous cent fois plus coupable, plus mauvais,
Que j'agirais encore ainsi que je le fais!

SAUVEGRAIN.

M'élever jusqu'à vous!

ISABELLE.

C'est moi qui viens vers toi.
Nous mettons en commun ton courage et ma foi,
Dans une métairie attrayante, superbe.
Tu le craignais, le lis altier... mais le brin d'herbe?...

SAUVEGRAIN.

Votre père, jamais... par son consentement...

ISABELLE.

J'ai tout l'hiver pour l'y préparer doucement,
Le bonhomme Sully le compte en son école :
Ses conseils guideraient le ménage agricole.

SAUVEGRAIN.

Quoi! c'est donc mal agir que d'écouter son cœur?...
La raison dit : « Je veux! » Le devoir est vainqueur.
Pardon!... Je vous trompais. Ne soyez pas jalouse
Si, tout jeune, j'ai pris la douleur pour épouse.
J'expie!... Oh! ce supplice!... Et je l'ai mérité :
J'ai contemplé la grâce et n'ai pas résisté.
S'exalter, s'éblouir!... J'en ai froid jusqu'aux moelles.
C'est à ne plus jamais regarder les étoiles!
Téméraire, espérer qu'elle m'ouvre les bras...
Et refuser le don offert!...

Avec un violent effort.

Je ne peux pas!...
Qui? Vous?... Vous, devant qui tout respect s'agenouille,
Princesse transmuée en bergère à quenouille!...
Songez! Songez!... Ces soins grossiers, ces durs travaux ;
Le langage des gens, concurrents et rivaux ;
La rigueur des saisons... Puis... tout! Cette détresse :
Plus de luxe!... plus rien !

ISABELLE.

Tais-toi! J'ai ta tendresse!

Elle lui pose la main sur la bouche et va lui entourer le cou

*de ses bras. — En ce moment, Gilonne, qui a retraverse
la galerie et est descendue par l'escalier, paraît, arrêtée à
mi-chemin. Sa présence fige le baiser sur leurs lèvres.*

SAUVEGRAIN.

L'enfer dans la pensée et l'éden sous les yeux!
Ah! mourir! Oui, mourir à l'instant vaudrait mieux.
Destin cruel, qui veut qu'on pleure et qu'on sourie!
Pourquoi m'avoir aimé?

ISABELLE.

Pourquoi m'avoir chérie?

SCÈNE VII

LES MÊMES *et* GILONNE.

GILONNE, *accourant entre eux.*

Alerte!... L'officier rôde autour du moulin.
Évadé! Je l'ai vu, du grenier... Un malin :
Quelque trou qu'il creusa put lui servir de porte.
Vite!... Cours!

SAUVEGRAIN.

Encor lui!

ISABELLE, *un instant séparée de Sauvegrain,
venant se mettre sous sa protection.*

Près de toi, que m'importe!

GILONNE.

Dans les roseaux... Le clair de lune l'a trahi.
Et ne le manque pas, cette fois!

Elle le prend par le bras et l'éloigne d'Isabelle.

Tu viens?

SAUVEGRAIN, *avec un soupir.*

Oui.

ISABELLE.

Vous suivrai-je?

SAUVEGRAIN.

Restez.

GILONNE.

Sa foi de gentilhomme!
S'il eût tenu serment, j'irais le dire à Rome!

Elle sort, précédant Sauvegrain.

SCÈNE VIII

ISABELLE, *puis* PONT-RIEUX.

ISABELLE.

Celui-là, pour si peu s'aller embarrasser!...
Pourtant, s'il le rejoint, que va-t-il se passer?

*La fenêtre s'ouvre, bruyamment poussée de l'extérieur. —
Pont-Rieux se montre, s'étant servi des aubes de la roue
comme d'échelons.*

Du bruit?... Comment?... Quelqu'un... Qui cause ce tapage?

Elle se dissimule, à droite, dans un angle formé par la caisse
des blutoirs. — Pont-Rieux, après un regard circulaire,
enjambe et saute. Il est sans coiffure, déganté, désarmé,
les habits ruisselants.

PONT-RIEUX.

Pas poursuivi?... Ouf!... Pas un chat... Quel équipage!
Où suis-je?... Enfin, ce soir, je ne vais pas au bal!
Leur terrier à renards, ils le connaissaient mal :
Une crevasse, au fond, près de la chènevière...
Et preste!... Aucun chemin libre que la rivière.
Cachons-nous jusqu'au jour... Mon gaillard, maintenant!...
Pas d'armes!... Bah! mes poings valent ceux du manant.
Il craint le sang, d'ailleurs : c'est trop noble ribote.
Pour l'étouffer, morbleu! le talon de ma botte!

Il parcourt la pièce. Il trouve Isabelle blottie dans son coin.

La meunière!

ISABELLE.

Ah! Partez!... Ici, chez...

PONT-RIEUX.

... votre amant?

A merveille! Je vous trouve. Mais c'est charmant!...
Vous posséder chez lui.

ISABELLE.

Dieu! l'infâme!... le lâche!

PONT-RIEUX.

Humanisons-nous donc, ou, sinon, je me fâche.

ISABELLE.

Un soldat!

PONT-RIEUX.

Pourquoi pas? Un cavalier galant,
Toujours épris, malgré son pourpoint ruisselant...
Voyons!...

ISABELLE, *allant se réfugier derrière la meule.*

Jamais!

PONT-RIEUX.

Le cri des belles infidèles!
J'ai triomphé de plus terribles citadelles...
Un baiser!

ISABELLE, *le menaçant de son pistolet.*

L'impudent!... Arrière! ou je fais feu.

PONT-RIEUX, *la poursuivant et lui enlevant l'arme,*
malgré ses efforts.

Peste!... Ne courez pas ainsi... Cessons ce jeu.
Sont-ce là des missels de mode chez les nonnes?
Ah! qu'un bijou siérait mieux à vos mains mignonnes!
Cédez!... C'est pour ne pas vous attirer d'ennui.

Il fait jouer la batterie.

Chargé... Ne craignez rien... Non, la balle est pour lui.

ISABELLE, *courant à la fenêtre.*

A moi, Jean Sauvegrain! — La Milonaise! — Aux armes!

PONT-RIEUX.

Bon! j'évitais le bruit. Vous cherchez des vacarmes.
Nous allons voir!

Il la saisit.

ISABELLE, *se débattant.*

A l'aide!

PONT-RIEUX.

Ah! ne dites pas non.
Je vous aurai, ma chère, ou j'y perdrai mon nom.
Sans dot... Même un curé n'est guère nécessaire.

ISABELLE.

Si vous saviez comment parle l'amour sincère!...

Elle lui échappe.

Jean!... Gilonne!...

SCÈNE IX

ISABELLE, PONT-RIEUX, SAUVEGRAIN, GI-
LONNE, RÉGNIER *et* MILONAIS *portant des
torches.*

SAUVEGRAIN.

Quoi donc?... Vous?... Lui?

GILONNE.

Nous le tenons!
J'avais raison, tu vois! — Par ici, compagnons!

SAUVEGRAIN.

Désarmez-le!

PONT-RIEUX.

Bah! Pas avant... A toi, canaille!

*Acculé à la trémie, il vise Sauvegrain. — Gilonne, ayant vu
son geste, s'avance, précédant le capitaine. Elle saisit l'officier à la main, relève l'arme, essayant de faire dévier le
coup. Mais la balle a atteint Sauvegrain au côté gauche,*

au moment où il faisait un rempart à Isabelle. — Mou-
vement bruyant de tous les personnages. — Un paysan
éclaire en plein Pont-Rieux.

ISABELLE *et* GILONNE, *en même temps.*

Ah !

ISABELLE.

Blessé !... Jean !

GILONNE.

C'est lui !!!

ISABELLE, *aux paysans.*

Courez... Il faut qu'on ail
Chercher monsieur Hamon.

Deux Milonais sortent.

Assassin !

GILONNE, *échevelée, furieuse.*

Vil brigand !
Hein ! tu me reconnais ?... Tu sais où, tu sais quand !
Tueur de gens !... La ferme, au long de la chaussée...
Lucifer, Astaroth, vous m'avez exaucée !

PONT-RIEUX.

Lâche-moi !

GILONNE.

Te lâcher ?... Jamais !... Tu m'appartiens.
Vampire, sous mes pieds, voir se tordre les tiens !...
Montre un peu ton poignet meurtri. La cicatrice,
Hein ! vous autres, est-elle assez accusatrice ?

Aidée des Milonais, elle a saisi la main de Pont-Rieux. Le
pistolet tombe à terre.

Oui, moi qui ne sais mie écrire, ce jour-là,

De mes dents, j'ai tracé ma croix. — Regardez-la !

Les Milonais s'approchent, pendant qu'Isabelle reste à l'écart
avec Jean. — Indignation générale, menaces.

TOUS.

Oh !

PONT-RIEUX.

Finis donc, tu mens, la gueuse, horrible louve !

GILONNE.

Non, malédiction ! j'ai dit vrai : je le prouve.
Rends-moi mon louveteau, plus mignon que les faons !
Boucher, l'odeur de toi m'éloigne des enfants !

ISABELLE.

Gilonne !... Tous !... Venez... Soignons-le... Sa blessure...
Qu'il vive au moins pour vous... Vous souffrez, j'en suis sûre.

SAUVEGRAIN.

Non, non !

Aidé par Isabelle, Gilonne et les paysans, il s'assied pénible-
ment, au premier plan, à droite, sur les sacs vides.

L'honneur d'abord ! — L'honneur, toujours !

LES MILONAIS.

A mort !

A l'eau !

PONT-RIEUX.

Déchirez-moi, chiens, mais hurlez moins fort.

SAUVEGRAIN, *à part.*

Rends le bien pour le mal, pendant que ton cœur vibre
Encore !

Haut.

Approchez tous. — Monsieur, vous êtes libre !
Partez !

13

LES MILONAIS. *Étonnement, révolte.*

Hein? — Que dit-il? — Comment?

RÉGNIER.

Son ordre est bref.

On n'a qu'à s'incliner, puisque c'est lui le chef.

SAUVEGRAIN.

Écoutez, Milonais! — L'avenir semble en fête.
Plus de sang! — De ce jour même la paix est faite.
Plus d'ennemis chez nous; non, rien que des Français!
Le roi veut l'amnistie entière. Je le sais.

A Pont-Rieux.

Un vilain tient parfois sa promesse, mon maître!

GILONNE.

Clémence ridicule! Il est à moi, le traître!

UN MILONAIS.

Nous n'obéirons pas!

UN AUTRE.

Non, non!

ISABELLE.

Que faites-vous?

Voulez-vous qu'à l'armée on nous traite de fous?
C'est mon arme, en sa main, qui vous frappe et me brise.
Malheureuse!... J'aurai, par la nouvelle apprise,
Délivré ce bourreau, ce meurtrier sans loi?

SAUVEGRAIN.

C'est affaire entre Dieu, ma conscience et moi!

PONT-RIEUX, *resté au fond, pendant qu'on s'occupe de Sauvegrain, sur le devant.*

Les femmes sont parfois bonnes à quelque chose !
Haut le pied !

Il s'échappe par la fenêtre.

GILONNE.

Disparu !... La fenêtre non close...

SCÈNE X

LES MÊMES, *moins* PONT-RIEUX ;
MONSIEUR HAMON, *entrant précipitamment, suivi des paysans qui étaient allés le chercher.*

MONSIEUR HAMON.

Je rentrais. — Ils m'ont dit...

Il examine le blessé.

C'est providentiel.
La balle n'atteint pas d'organe essentiel :
Elle a glissé sur les côtes.

Il lui présente un flacon.

Ce vulnéraire...

SAUVEGRAIN.

Peuh ! une égratignure !

MONSIEUR HAMON, *continuant son diagnostic.*

Oui, je pourrai l'extraire.
Un robuste !...

ISABELLE.

Sauvé?... Dites?... Pas en danger?...

MONSIEUR HAMON.

Non... Mais pour son repos, qu'il vous reste étranger !
Ce que je crains pour lui... c'est vous ! — Partez bien vite !
Je réponds de son corps et de son âme, ensuite.

ISABELLE.

Oh! dédaigner la loi de nature, n'avoir
Pour autrui que pardon ; pour soi, qu'un froid devoir !...

MONSIEUR HAMON.

Oui, c'était trop d'effort pour l'être humain fragile.
Quel héroïsme obscur et doux ! Quel évangile !

SAUVEGRAIN.

Régnier, remplace-moi.

MONSIEUR HAMON, *à Sauvegrain.*

Vous, pas d'émotion.

Du calme !

A Isabelle.

Maîtrisons notre admiration !

Aux Milonais qui ont préparé une civière avec des bâtons et des sacs.

Au couvent. — Je vous y devance, sur mon âne...

GILONNE, *ramassant le pistolet et passant devant monsieur Hamon et Sauvegrain, que l'on va emporter.*

Tu peux absoudre... Moi, sorcière, je condamne !

RIDEAU

ACTE V

Vive la Terre !

La plaine, quelques jours avant la moisson. Tout le plateau entre Milon-la-Chapelle et Magny-les-Hameaux couvert de blés mûrs. — Au loin, à gauche, dans la dépression de la vallée, Port-Royal et Vaumurier silhouettent leurs clochers et leurs tours en poivrière.

Intersection de chemins des champs. — Au fond, une roche à hauteur de siège, sur le talus. — Au deuxième plan, le chemin qu'un autre rejoint à gauche. — Au premier plan, arrivant jusqu'à la rampe, un champ laissé en jachère et couvert d'herbes courtes et de chardons. — Pommiers tordus, à droite et à gauche. — A l'ombre de celui de gauche, une charrue.

Ciel bleu. — Air de prospérité de la campagne ruisselante d'un soleil d'après-midi. — A la fin de l'acte, une grande teinte rosée précise le couchant, derrière Port-Royal.

SCÈNE PREMIÈRE

RÉGNIER, SAUVEGRAIN, *puis* LE HOUX. *Sauvegrain, en habits de travail, vient par la droite, un hoyau sur l'épaule. Régnier arrive du côté opposé, portant une botte d'herbe qu'il jette près de la charrue.*

RÉGNIER.

C'est toi, Jean !... En effet, j'ai cru t'apercevoir :
Tu montais par la sente, au droit de l'abreuvoir...

13.

Ton blé de mars est mûr, tantôt, pour la faucille.
Prends donc, pour les liens, mon gamin et ma fille.

SAUVEGRAIN.

J'accepte. Mais d'abord je venais m'assurer
De l'état de ce champ que je vais jachérer.

*Il donne un ou deux coups de son outil et soulève un peu de
terre.*

Parfait! C'est amolli jusqu'à neuf ou dix pouces.
L'orage de la nuit rend ces besognes douces.
Un mois de sécheresse, ensuite, et tout va bien.
C'est mon avis.

RÉGNIER.

Le vent est de l'est, ne crains rien.

SAUVEGRAIN.

Tout à l'heure, et devant que la moisson commence,
Je retourne la pièce; elle n'est pas immense :
Quatre-vingts perches.

RÉGNIER.

Ton cheval?

SAUVEGRAIN, *geste vers Milon.*

Au râtelier.

RÉGNIER.

Tout en mangeant mon lard, je vais le délier.
Je te l'amène.

SAUVEGRAIN.

Bon! Si tu descends, je reste.
J'ai diablement besoin de faire un peu la sieste!

RÉGNIER.

Oui, donc! Ménage-toi, sois sobre de travaux.

Pas d'imprudence! On sait trop ce que tu nous vaux!
Puis, l'ordre de monsieur Hamon...

SAUVEGRAIN.

Je me rebiffe,
A la fin!... Suis-je infirme et mou comme une chiffe,
Pour une once de plomb que ce vieux médecin
M'a laissé là-dedans?

RÉGNIER.

Vers le cœur, c'est malsain.

SAUVEGRAIN.

Le soir, le faucillon de la lune nouvelle
Fait songer qu'il est temps qu'on coupe et qu'on javelle.
Triste haricandier, c'est plus terrible encor
De se plaindre et dormir à côté du trésor!
Une récolte!... Un ciel superbe!...

Montrant ses bras.

Et du courage!

RÉGNIER.

Tu t'animes!... Tout beau, là!... Cherche un peu d'ombrage.

Il fait quelques pas sur la route et revient.

Ah! ne compte pas trop sur Le Houx pour ton blé.

SAUVEGRAIN.

Pourquoi?

RÉGNIER.

Mais, sa besogne... Il en est accablé.
Tout seul, je ne sais pas comment il se gouverne.
Appelle-le donc, voir... Il épand sa luzerne,
Justement, là-bas.

SAUVEGRAIN, *les mains en porte-voix.*

Houp! Le Houx!

LE HOUX, *invisible*.

        Houp!... On y court.

RÉGNIER.

Enjambe le fossé, devant toi : c'est plus court.

Le Houx arrive, tenant une fourche de faneur.

SAUVEGRAIN.

Tu refuses tes bras à tes compagnons d'armes,
Il paraît?

LE HOUX.

        C'est-à-dire... Oh! tu m'en vois en larmes!
Des bras?... Il m'en faudrait dix, vingt... Suis-je un musard?
Dis?... Mon chanvre à broyer, ma verdure en retard...
La plaine est d'un rendage excessif, cette année.

SAUVEGRAIN.

C'est la faute au soleil! Sa chaleur obstinée,
Du coup, va t'enrichir et beurrer ton pain bis.

LE HOUX.

La paille longue assez, parbleu!... mais trop d'épis.
Trois setiers à l'arpent, je gage! Et plus personne
De nos soldats d'antan, à présent qu'on moissonne.

RÉGNIER.

C'est se plaindre que la mariée...

LE HOUX.

        Oh! tais-toi!
Garde tes traits d'esprit pour un meilleur emploi.

SAUVEGRAIN.

Allons bon! maintenant vous repartez en guerre?

RÉGNIER.

Bah! amis malgré tout!

SAUVEGRAIN.

On ne le croirait guère!
C'est que l'on a besoin d'entente encor, toujours.

RÉGNIER.

Ce diable de Le Houx! Il prend tout à rebours.

LE HOUX.

Va-t'en donc à Milon voir si ton souper fume!

RÉGNIER, *en désignant la botte d'herbe.*

Le tien est prêt!

LE HOUX. *Il lui tourne le dos. A Sauvegrain.*

Je n'ai presque rien en légume.
Je vais être forcé d'agrandir mes greniers.

SAUVEGRAIN.

Aussi ne vont-ils pas chômer, les calvaniers
Qui, haut perchés sur leurs échelles, sur les meules,
Font peur aux agnelets épars dans les éteules!...
J'ai sorti, ce matin, fléaux, vans et tamis.
Hein? quel contraste avec l'autre moisson, amis,
Vers le temps du combat du faubourg Saint-Antoine!
Voyons, Le Houx, tes biens sont surtout en avoine?

LE HOUX.

Oui.

SAUVEGRAIN.

Cela peut attendre au moins huit ou dix jours?

LE HOUX.

Pas plus!

SAUVEGRAIN.

Sans femme, aussi, compte sur mon secours
En temps voulu. Mais viens faire mon blé, mon seigle.
Un pour tous, tous pour un : n'est-ce pas notre règle ?

LE HOUX.

Tope là !... Quand ?

SAUVEGRAIN.

Demain lundi.

LE HOUX.

Va pour lundi !
Tu verras si l'on peut me traiter d'engourdi...
Au revoir, capitaine !

SAUVEGRAIN.

Encor ? Non, plus ce titre :
Sauvegrain ! Faut-il donc toujours qu'on te chapitre ?

LE HOUX.

Soit ! Sauvegrain tout court.

RÉGNIER.

C'est le cas ou jamais,
Quand brille autour de nous l'espoir que tu semais,
Une épée au côté te marquant la cadence.

LE HOUX.

Jean Sauvegrain, tu fus pour nous la Providence.

SAUVEGRAIN.

Son commis, si tu veux... comme je fus l'agent
De ceux-là qui nous ont dispensé quelque argent,
De qui la charité nous fit les nuits meilleures.

RÉGNIER.

Nous inscrirons deux noms au seuil de nos demeures :
Un nom de femme auprès du tien. Car on vous doit
De souper à l'abri, de dormir sous un toit.
Grâce à vous, il n'est plus urgent que l'on s'enrôle
Pour paître son bétail, la pique sur l'épaule,
Ni que les chariots soient conduits l'arme au poing.

LE HOUX.

Écoute : un magister ne nous instruisit point,
Mais, tout de même, on est attendri, quand on pense
Que ta belle action reste sans récompense ;
Que pour nous tu dis non au seul bonheur humain...
On voudrait t'en payer en te tendant la main.

Ils se serrent les mains.

SAUVEGRAIN, *ému.*

Merci ! Merci !... Ma joie est faite de la vôtre.
Mon salaire ? Tenez...

Il montre les blés.

Je n'en cherchais pas d'autre,
Quand vous m'avez choisi pour l'effort obstiné.
C'était pour protéger les champs que j'étais né,
Moi, de qui la nature a fait l'apprentissage,
Que la plaine instruisit, que le bois rendit sage,
Et qui me ressouviens des leçons des oiseaux,
Dans les jours d'abondance, en comptant les dizeaux !
Taisez-vous ! Oui, vos cœurs tremblent dans vos paroles.
Mais vous me rappelez des émotions folles
Qu'un ordre de là-haut m'interdit.

LE HOUX.

Mais d'abord,

Tu ne peux m'empêcher de te faire un rapport,
Comme en ces tristes jours de troubles, à l'automne.
Cette prospérité, qui vraiment nous étonne,
Chacun en a sa part : vigneron et berger
Transforment en écus les produits du verger ;
Et les Parisiens, remis de leurs surprises,
Aiment ta violette encore et mes cerises.

RÉGNIER.

Mon cousin de Magny vient d'acheter un bœuf.

LE HOUX.

A la messe, as-tu vu Pierrot, en pourpoint neuf ?

RÉGNIER.

Javotte, de Choisel, est maîtresse de poste.
Tout finit bien pour elle : elle épouse Lacoste,
Le joli postillon qui reste à l'*Éléphant,*
A Rambouillet... celui qui lui fit son enfant.

LE HOUX.

Pas l'éléphant !... Dis donc, sois plus clair.

RÉGNIER.

A Chevreuse,
A Saint-Lambert, les gens vous ont la mine heureuse...
Quant à ceux de Milon, tu les connais assez !

SAUVEGRAIN.

C'est bon !... Je vous en prie... Ah ! pour Dieu, finissez !...
J'éprouve là...

LE HOUX.

Comment ?... Ton mal ?... Serions-nous cause

SAUVEGRAIN.

Vous ?... Non.

RÉGNIER.

Viens-t'en, voyons! Il faut qu'il se repose.

Ils s'éloignent par la droite.

SCÈNE II

SAUVEGRAIN, *seul.*
*Il arrange la botte d'herbe sous le pommier, contre le soc
de la charrue, pour s'y étendre.*

Oui, je souffre!... Il faut bien en convenir tout bas.
A qui me confier?... Eux ne comprendraient pas
Qu'une angoisse de cœur brise le plus robuste
Plus sûrement qu'une arme à feu qui frappe juste...
Ainsi, j'ai torturé ma chair comme à plaisir :
Le travail de mes mains a tué mon désir.
Volontaire bourreau, ma cruauté fut telle
Que j'ai craint tout hasard qui m'eût rapproché d'elle,
Souhaitant que la ville, en son faste amolli,
M'enveloppât pour elle en un linceul d'oubli.
En mai, j'ai regardé les lis d'un œil farouche :
Car les lis ne sont purs que tombant de sa bouche.
L'ancienne erreur n'eut plus de but ni d'aliment...
Et leurs allusions viennent, en ce moment,
De faire ressurgir devant moi cette fée,
Dans l'attrait défendu de l'ivresse rêvée!...
Où fuir l'obsession?... Pas même le sommeil!

14

Il se couche à demi, appuyé à la charrue.

Une alouette...

   Les yeux au ciel.

     Oh! folle, éprise du soleil!

  Air de flûte, au loin, dans un champ.

Sur la route, Virgile, auprès de sa cabane...
D'un tireli de ton flûteau qui s'enrubanne,
A merveille, berger! berce mon songe un peu.

   Il somnole, la tête appuyée sur le bras droit.

Où donc, l'oiseau de Gaule?... Ah! déjà dans le bleu!

      La musique cesse un instant.

  Comme en rêve.

Mais la voici qui choit dans la vaste mer blonde!
Morte!... Sans doute quelque enfant, avec sa fronde?

  Reprise de l'air qui imite le mouvement saccadé, ascendant
   de l'alouette.

Non! Elle rebondit! Elle reprend son vol,
Sachant son nid tranquille, endormi près du sol.
L'âme des champs triomphe en elle toute. Il semble
Qu'elle m'ait pris mon âme... et nous planons ensemble!

SCÈNE III

SAUVEGRAIN, ROBINE *et* GRAND-PIERRE.

  ROBINE, *venant de gauche, suivie de Grand-Pierre*
    qui la lutine.

Non! non! Je ne veux plus qu'on m'embrasse... à présent!

GRAND-PIERRE, *l'embrassant.*

Un de plus, belle affaire !

ROBINE.

Oh ! le grand malfaisant !

Elle indique Sauvegrain qui se réveille.

Prends donc soin. Il dort en sergent : une paupière
Grande ouverte.

SAUVEGRAIN.

C'est vous, Robine, et toi, Grand-Pierre ?

ROBINE, *embarrassée, tourmentant le coin de son tablier.*

Mais, comme vous voyez... Nous venons de Magny,
De la cure... rapport à nos bans. C'est fini.

GRAND-PIERRE.

Oui, la noce aura lieu, la moisson terminée.

SAUVEGRAIN.

En attendant, tu prends un pain sur la fournée !

ROBINE.

En tout bien, tout honneur, croyez ! Pas vrai, m'ami ?

GRAND-PIERRE.

Le reste, pour le soir de Saint-Barthélemy.

SAUVEGRAIN.

Et ta belle s'en vient, fleuretant, et s'égaie,
Telle une bergeronne agile sur la haie...
C'est la félicité pour nous, mon jouvenceau,
Un cœur de paysanne, une chanson d'oiseau !

ROBINE, *regardant en riant son fiancé.*

On s'aime, n'est-ce pas ?... Ce n'est pas une honte ?

SAUVEGRAIN, *à soi-même.*

Ah! Dieu!...

GRAND-PIERRE.

Vous signerez sur nos papiers?

SAUVEGRAIN.

J'y compte.

Plaisamment.

Parbleu, témoin déjà. Ce devoir est le mien.

Sérieux.

Oh! que je vous envie, enfants!

ROBINE.

Ils ont du bien :
Les prés et la maison, en face de l'église.
Cependant, il me prend, n'ayant que ma chemise,
A peu près.

GRAND-PIERRE.

Encor trop!... même sans, si tu veux.
Nous t'en tisserons une avec tes longs cheveux.

ROBINE.

Un travailleur, un gas qui jamais ne s'arrête...
Papa nous baillera sa petite charrette
Avec le vieux roussin. — J'irai, tous les huit jours,
Depuis le Petit-Pont jusqu'à la rue aux Ours,
Crier : « A mes choux verts! — A ma belle salade! »
Et si le bon Dieu veut qu'on ne soit pas malade,
Puis qu'un garçon... J'emporte avec moi le moutard,
Pour que mon homme... Enfin, plus tard, comme plus tard !

> *Un colporteur, sa balle sur le dos, paraît, venant du côté de Milon. Il hésite aux croisements des chemins, puis revient jusqu'à la roche, au fond, où il appuie son fardeau. Grand-Pierre va l'aider.*

SCÈNE IV

LES MÊMES, LE COLPORTEUR, LE VIEUX MEUNIER, GROUPE DE PAYSANS *endimanchés où les femmes sont en majorité.*

UNE FEMME, *accourant.*

Juif errant, porte-balle!... Où va-t-il nous conduire?

UN HOMME, *même jeu.*

T'ai-je vendu des pois qui n'ont pas voulu cuire?

UNE FILLE.

Parce qu'on n'a pas fait d'emplettes, l'autre mois,
En décembre!...

UN GARÇON.

L'on a des jaunets, cette fois!

*Le colporteur ouvre sa balle, tout en débitant un boniment.
Il montre quelques objets, en met d'autres dans les mains
des curieux. Admiration, poussées, rires.*

LE COLPORTEUR, *très vite.*

Coiffes de crapaudaille, avec pendants d'oreilles.
Beaux galands « à la Fronde », anneaux et nonpareilles,
Peignes de buis, miroirs, boutons pour justaucorps,
Fils, dés, lacets, pommade, orviétan pour les cors...
Des chansons, pour danser aux fêtes, des images.
Tenez : le Mazarin en fuite. — Les rois mages.

Il descend sur le devant, montrant un livre à Sauvegrain.
La Consolation pour les tard mariez.

SAUVEGRAIN

Non! Grand merci!

LE COLPORTEUR, *se retournant.*

   Pour vous, la belle qui riez :
La Femme obstinée.

LA JEUNE FILLE.

   Oh! mais non : c'est pour la Guite,
Là-bas, la vieille...

LE COLPORTEUR.

   Allons! il faut que je vous quitte
Pour Versailles.

 Il fait mine de plier bagage.

   C'est dit, entendu, convenu?
Pour la grosse maman, ce beau Jésus tout nu?

 Il montre une figure de cire emmaillotée de coton. Il revient
  à Sauvegrain

Almanachs indiquant la marée et l'éclipse,
D'Anvers, où travaillait feu monsieur Juste Lipse.
Même que l'on m'a pris les pareils au couvent...
J'en ai gardé pour vous qu'on m'a dit un savant.
Privilège du roi. Lisez... c'est authentique.
Voyons! qui videra le premier ma boutique?...
Pour tout âge, tout sexe, et de toute façon!

SAUVEGRAIN.

Celui qui vous coupa le filet, mon garçon,
A gagné ses cinq sous, diantre!

ROBINE.

Cette alliance !

LE COLPORTEUR.

Un présent à la mie à qui l'on se fiance.

Il lui met l'anneau au doigt.

Ça vous chausse, que c'est plaisir !... C'est mon dernier.
En or... presque... Il faudrait n'avoir plus un denier...

GRAND-PIERRE.

Combien ?

Il débat le prix. — Sauvegrain l'empêche de payer.

SAUVEGRAIN.

Non, laisse-moi : c'est mon cadeau de noce !

LE COLPORTEUR.

Vive le Roi ! La paix active mon négoce !

ROBINE.

Quoi ! c'est vous qui payez, et lui qui m'embrassait !

UNE FEMME, *à sa voisine, indiquant Sauvegrain.*

Dis donc ; le Marché-Neuf lui garnit le gousset !

UNE AUTRE, *montrant Robine.*

Est-elle glorieuse, hein ? ces mines, ces poses !

*Pendant ces dernières répliques, d'autres femmes ont acheté
des lacets, des objets de toilette. Le colporteur va exposer
des gravures sur la charrue.*

LE COLPORTEUR.

Cette estampe... Admirez ! *Le Miracle des Roses,*
Où l'on voit que des fleurs se changèrent en pains.

SAUVEGRAIN, *à part.*

C'est ce que fit ma sainte, à moi !

LE COLPORTEUR, *écartant les enfants.*

Les galopins !

Il réemballe sa marchandise en parlant.

Dans six mois : inscrivez cela dans vos cervelles,
Maintenant... Je colporte aussi quelques nouvelles.
Demandez ! C'est gratis ! par-dessus le marché.
Je viens de loin ; depuis longtemps j'ai découché :
J'ai grand'faim de revoir ma femme et ma mansarde !

SAUVEGRAIN.

Auriez-vous entendu parler de la Picarde
Qui vivait parmi nous, jadis ?

LE COLPORTEUR.

Non... Au fait, oui !

Mais où donc ?... Attendez !... Bordeaux... C'est inouï !
Trottant de ville en bourg et de bourg en village,
On en voit de tout poil, l'esprit devient volage.
Elle ?... Oui... ses yeux, sa voix... J'en suis persuadé,
Suivant un escadron des dragons de Condé.
— Car le prince cherchait l'appui du roi d'Espagne.
Elle courait, battant — c'est le mot — la campagne,
Même, folle à lier, les gestes furieux,
Hurlant je ne sais quel nom d'homme...

SAUVEGRAIN.

Pont-Rieux ?

LE COLPORTEUR.

Tout juste !... Elle entraînait bohémiens, sorcières,
A ses trousses, lançant des injures grossières.

A preuve qu'on l'a vue, une nuit de combat,
Chevaucher un balai pour se rendre au sabbat!

PLUSIEURS PAYSANS.

Gilonne! Oh! Jésus-Dieu! Misère de misère!

SAUVEGRAIN.

Ma sœur d'adversité!... Pitié!... mon cœur se serre.

LE VIEUX MEUNIER.

Elle aurait bien mieux fait d'accepter le moulin
Et le meunier... Vouée au diable, c'est vilain!
Sur un coursier de bois, qu'on doit avoir l'air gauche!

SAUVEGRAIN, *au meunier*.

Dis-moi donc : tu n'as rien à faire? Je t'embauche.

SCÈNE V

LES MÊMES *et* UN BERGER.

LE BERGER, *venant de droite, enveloppé d'oripeaux,*
houlette en main.

Quand on parle sorciers, cela sent le roussi.
Ce bruit... un vrai sabbat. J'en veux ma part aussi.

ROBINE.

Le vieux Virgile!... Il va nous flûter une ronde!

LE BERGER.

Eh bien! soit, les enfants... En avant, tout le monde!

Le colporteur a remis sur son dos son bagage. Le berger sort de son manteau sa flûte ornée de faveurs et s'apprête à jouer.

SAUVEGRAIN, *à part.*

Oh! leur gaité!

Haut.

Voyons! gardez votre chanson
Pour le jour qu'on pendra le bouquet de moisson.

UNE FILLE.

Non, tout de suite! — Il est triste comme la pluie!

UNE AUTRE.

Un beau dimanche soir, faut-il que l'on s'ennuie?

UNE FEMME.

L'absence de Gilonne?

UNE AUTRE.

Ou d'une autre... Qui sait?

UN GARÇON, *voyant Robine s'avancer au milieu du cercle que forment les filles et les garçons.*

Bravo, Robine!... Enfin, voyons!... Si l'on dansait?

ROBINE, *chantant, accompagnée par le berger.*

Rossignolet du bois d'amour,
　　Qu'offrirai-je à ma mie?
Des fleurs et des baisers autour,
　　Riez, belle endormie!

　　En cherchant au vallon
　　　La marjolaine,
　　J'ai trouvé dans la plaine
　　　Le marjolon.

Marjoli, marjolin, marjolon!
     Chantez, Madeleine!
     Dansez, Madelon!

Le refrain est repris à l'unisson. Les derniers danseurs cherchent à entraîner Sauvegrain qui reste avec le meunier.

SAUVEGRAIN.

Tu sais : le trop tarder, au fait du labourage,
C'est, dit-on, la ruine entière du ménage.
Et je vais...

Il saisit son outil.

LE MEUNIER.

     Prendre un coup de vin... Nous t'invitons.
Viens chez Virgile. Il veut te montrer ses moutons.

LA RONDE, *au loin, decrescendo.*

Jamais le roi, dans son palais,
     N'en fleura de pareilles.
La fontaine où je les cueillais
     Est pleine de merveilles.

Le meunier entraîne Sauvegrain vers la droite.

SCÈNE VI

PIERRE COURTIN, MONSIEUR HAMON. *Ils viennent du côté de Port-Royal, continuant une conversation.*

PIERRE COURTIN.

C'est très grave, en effet, de marier sa fille !
Connaît-on quelque peu sa future famille ?
Quelle position stable a le fiancé ?
Les aides, la basoche ?... Est-il probe et sensé ?...
Son gain assure-t-il l'aisance ?... Pour l'armée,
L'essai ne l'en a pas fort enthousiasmée...
J'ai beau rester l'esclave humble de mon enfant,
Quelque chose, toujours, me retient, me défend,
En ceci, d'oublier ma vieille clairvoyance,
Et d'approuver ce qui serait mésalliance :
Cette idée impossible exaltant ses esprits...

MONSIEUR HAMON.

Oui, notre Jean.

PIERRE COURTIN.

　　　　Je veux le croire : elle a compris
Qu'en somme, on table sur l'estime de son monde,
Qui veut qu'un rang au rang semblable corresponde,
Car elle ne m'a plus parlé de ce projet...
Ce n'est qu'un paysan, quoique très bon sujet !

MONSIEUR HAMON.

Lui-même se rend compte, en son propos intime,
Que le ciel l'éprouvait et qu'il était victime
De ces transports charnels aux élans hasardeux
Que craint le juste. Il eut du jugement pour deux.

PIERRE COURTIN.

Ce surprenant rustique, aux yeux vifs et sincères,
Sully l'eût admiré; maître Olivier de Serres
L'eût voulu pour soigner son « mesnage des champs ».
Que devient-il, vainqueur, même de ses penchants?
Ce n'est pas sans plaisir que je me le rappelle,
Humble Cincinnatus de Milon-la-Chapelle,
Reprenant sa charrue et restant ouvrier.

MONSIEUR HAMON.

Si Dieu ne permit pas qu'en ce coup meurtrier
Je pusse retrouver le fatal projectile,
Jean est sauf, pourtant. Nulle émotion hostile,
En six mois, ne troubla son grand calme attristé.
Paix sur la terre à ceux de bonne volonté!

PIERRE COURTIN.

Certes, il fait défaut à plus d'un personnage,
Le bon vouloir! Condé m'en est un témoignage.

MONSIEUR HAMON.

Oui, ceux du sang, qu'on croit tout pétris de vertus,
Ne veulent toujours pas se tenir pour battus.

PIERRE COURTIN.

Leur complot féodal piteusement échoue :
Raffermi, Mazarin leur soufflette la joue.

Petits-maîtres, frondeurs ou non, beaux importants,
Vous les verrez rentrer dans l'ombre avant longtemps.
Croyez qu'un sentiment germe en nous : force active
Qui repousse leur trop coupable tentative.
J'aime à le comparer, vieux badaud de Paris,
Ce grand bon sens du peuple, à ces épis mûris
Que défend ce brave homme, en son étroit domaine.
Être le Sauvegrain de la pensée humaine :
Faire agir, espérer et triompher aussi!...

> *Il cherche du regard autour de lui.*

Mais... mon accident... l'an dernier?

MONSIEUR HAMON.

> Oui, près d'ici.

PIERRE COURTIN.

En nous quittant, elle a précisé : « Vers la roche
Qu'on voit à l'angle des chemins... » On en approche,
Je crois?

MONSIEUR HAMON.

> Tenez!

PIERRE COURTIN.

> Parfait, notre rendez-vous, là,
Pour moi, maintenant peu marcheur!... Attendons-la,
Sur ce banc naturel, puisque aussi bien nous sommes
Les premiers arrivés, ainsi qu'il sied aux hommes.

> *Ils s'asseyent.*

MONSIEUR HAMON.

Sa route, par en bas, serpente en long circuit;
Mais elle reverra le hameau reconstruit,
La chapelle, à mi-côte, auprès du cimetière...
Même, en chaque logis, votre aimable héritière

Moissonnera, durant son rapide examen,
Le fruit de vos bienfaits.

PIERRE COURTIN. *Il s'appuie à sa canne et songe.*
L'horizon se dore de soleil couchant.

Puis, que sera demain,
Arbre qu'on veut planter pour les siens, pour la France ?...
Entre eux et la patrie, aucune différence :
Je ne sépare pas, par un lâche attentat,
L'intérêt de ma race et celui de l'État !...
C'est pourtant le salut, ce retour à la terre,
A cette glèbe dont tout homme est tributaire...
Ah ! qu'on prendrait l'essor en un ciel lumineux,
Si, quand son âme, à soi, se continue en eux,
Des deux côtés de son lit veuf, on pouvait tendre
Le front à son enfant et la main à son gendre !

SCÈNE VII

LES MÊMES, ISABELLE *et* SA CAMÉRISTE,
LA RENAUDE, RENAUD, PAYSANS *et* PAYSANNES.

LA RENAUDE.

Oh ! madame, est-ce vrai ?... Vous refusez ?... Pourquoi ?...
Nous serions si contents, ma sœur, mon homme et moi !
Parle, Renaud !

RENAUD.

Pour sûr !

LA RENAUDE, *bas à son mari, resté couvert.*
> Ton chapeau, vieille bête!

RENAUD, *ripostant par un coup de coude.*

Toi, fais la révérence, en ce cas!

LA RENAUDE.
> Quelle fête

Ç'aurait été pour nous autres! Et quel honneur!...
Il me semble que ça nous porterait bonheur.

ISABELLE.

Non, non, jamais! Je suis funeste à ceux que j'aime.

PIERRE COURTIN.

De quoi s'agit-il donc, entre vous?

ISABELLE.
> D'un baptême.

MONSIEUR HAMON.

Sa jeune sœur Margot doit avoir un poupon :
Le troisième, à vingt ans.

PIERRE COURTIN.
> Chez vous, le sol est bon!

LA RENAUDE.

Et nous avions osé, la cousine Henriette
Et nous...

PIERRE COURTIN.

Réponds-leur : oui.

ISABELLE.
> J'offrirai la layette.

LA RENAUDE.

Si vous acceptiez, pour compère, pour parrain,
On pensait vous prier d'agréer Sauvegrain :
Vous et lui, vous avez tant fait pour la paroisse!...

ISABELLE.

Vraiment, je ne saurais... Non que cela me froisse...
Mais préjugé, mais crainte... Il a donc adhéré?

LA RENAUDE.

Pas encor... Mais l'avis de monsieur le curé...

ISABELLE.

Vous ne m'avez pas l'air certain qu'il y consente.

RENAUD.

On peut l'interroger... là-bas, dans cette sente,
A cinq cents pas, un peu caché par les grands blés...

ISABELLE, *à part.*

Quelle idée!
    Haut.
        Au surplus, puisque vous le voulez!...
                Renaud s'éloigne.

PIERRE COURTIN.

C'est pour cela que tout ce monde t'accompagne?

ISABELLE.

Oui. J'amène avec moi mes amis de campagne
En députation auprès du Parlement...
Il y manque Gilonne et c'est là mon tourment!

UNE JEUNE FILLE.

A ce que nous contait, tantôt, un porte-balle,

Elle se damne avec des gens de la kabbale,
Dans des endroits très loin, en pays étranger.

ISABELLE.

Pauvre femme! qui songe encore à nous venger!...
Sorcière, elle? — Ah! sa faute est presque naturelle.
— Mon père, s'il vous faut jamais sévir contre elle,
Épargnez-la, je vous en prie, et tirez-la
Du vice, où son instinct de mère s'écroula!
Quand on a tant souffert, on peut sembler infâme.
Mais vous, qui devinez le supplice d'une âme,
Pardonnez à la triste expatriée, ainsi
Qu'à votre enfant qui vous crée un nouveau souci.
Car je vous ai trompé : mensonge, mon silence!
Ma tendresse, toujours, vers cet homme s'élance.

> *Elle montre Sauvegrain qui s'avance, encore invisible au spectateur.*

PIERRE COURTIN.

Isabelle!

MONSIEUR HAMON.

Comment?... Un homme de labour!

PIERRE COURTIN.

Il était la raison!

ISABELLE.

Et moi, je suis l'amour!
Je dispose de moi, libre, heureuse et courtoise,
Ainsi que peut agir la moindre villageoise.
Et je viens répéter à la face de tous...

> *Paraît Sauvegrain. Elle va vers lui.*

Que je veux prendre Jean Sauvegrain pour époux!

> *Mouvement parmi les paysans.*

SCÈNE VIII

Les Mêmes, SAUVEGRAIN *au milieu de* RÉGNIER
et LE HOUX, *suivis de* RENAUD.

SAUVEGRAIN, *poussant un grand cri.*

Ah!

Il montre Renaud.

Il ne m'avait pas dit que vous... Le rusé!

ISABELLE.

Toute à toi!

SAUVEGRAIN.

*Il chancelle entre les bras de ses deux compagnons, puis les
quitte, traverse et va s'appuyer aux mancherons de sa
charrue.*

Quelque chose en moi... là... s'est brisé!
Je ne rentrerai pas ma moisson, cette année!

PIERRE COURTIN.

Fuis cet homme, ce mot même t'a condamnée :
Il t'oubliait déjà lorsque tu le nommais!

ISABELLE.

Aucun autre que lui ne m'aura désormais.

MONSIEUR HAMON.

Nul ne sait s'il est digne ou d'amour ou de haine.

ISABELLE.

Mais ne voyez-vous pas qu'il se soutient à peine?

Des paysans ont délié la botte d'herbe et l'ont éparpillée sur le sol. On l'y étend, le buste soutenu par le soc de la charrue. Monsieur Hamon se penche sur lui. Isabelle entr'ouvre le pourpoint du jeune homme.

Laissez-moi seule... Allez-vous-en!... Quoi?... lui?... mourir
Impossible! Oh! pardon de t'avoir fait souffrir!

MONSIEUR HAMON.

Seigneur, je le remets en vos mains! Cette fièvre...
Sans doute qu'un abcès est ouvert dans la plèvre?
Le mal est prompt... A moins d'un miracle...

ISABELLE.

                                        Un baiser
Le fera, puisque votre art peut se récuser!

PIERRE COURTIN, *essayant d'écarter sa fille.*

Au nom du ciel!

LA RENAUDE.

        C'est trop affreux!

MONSIEUR HAMON, *aux paysans.*

                        Nouveau Moïse,
Il disparaît au seuil de la terre promise.

ISABELLE.

Écoutez tous!... Il veut parler... Il m'a souri.

Mon père, il est à moi. Laissez!... C'est mon mari...
Mais suis-je donc maudite? Est-ce moi qui le tue?

SAUVEGRAIN.

Je meurs de joie!

LE HOUX.

Il est de marbre.

UNE JEUNE FILLE.

Une statue!

SAUVEGRAIN.

Ton baiser!... le premier et le dernier!

ISABELLE.

Non pas!

Elle l'embrasse longuement.

SAUVEGRAIN.

C'est m'emparadiser déjà... Divin trépas!
C'est un ange penché vers moi, que je contemple.
Mes frères paysans, je vous lègue un exemple :
Que mon esprit, au moins, subsiste parmi vous!

A Isabelle.

Mon péché de t'aimer par l'amour est absous!

Il défaille.

PIERRE COURTIN.

Que vas-tu devenir, ma fille?

ISABELLE, *montrant Port-Royal au loin. Elle tombe
dans les bras de sa cameriste.*

Un monastère!

LES PAYSANS, *approchant du moribond.*

Vive Jean Sauvegrain !

SAUVEGRAIN.

Adieu !

Il se soulève, radieux.

Vive la terre !!!

RIDEAU

Le Chapeau bleu

COMÉDIE

Matinées littéraires de Cluny, 11 janvier 1880

PERSONNAGES

HENRI, 26 ans. . . . . . . M. FRÉMY.

LUCIE, 24 ans. . . . . Mlle JEANNY.

Le Chapeau bleu

A Paris. — Intérieur d'artiste : chambre simplement meublée ; au fond, une porte donnant sur un couloir ; des livres épars sur des rayons ; quelques gravures et dessins encadrés ; à gauche, une fenêtre d'où l'on aperçoit la cime des arbres d'un jardin public ; près de cette fenêtre, une table ; premier plan, à droite, une cheminée avec glace, pendule, et vases garnis de giroflées et de violettes.

SCÈNE PREMIÈRE

LUCIE, *assise à gauche, devant la table, est occupée à garnir de rubans bleus un chapeau qu'elle tient à la main ; de temps en temps elle s'interrompt pour regarder son ouvrage.*

Encor deux points à faire et voilà le chapeau
Terminé. — Doux printemps, j'arbore ton drapeau !
Le travail fait les frais de ma coquetterie.
Hier, après avoir rendu ma lingerie,

Ma bourse résonnant d'un doux bruit argentin,
J'ai fait de la dépense. Et puis de grand matin,
A cinq heures, avant l'aube, vite à l'ouvrage
Je me suis mise, active et pleine de courage.
Et tout cela pour lui! — Vraiment, c'est un plaisir
De vouloir me parer au gré de son désir!
Les riches, à coup sûr, ignorent les délices
Qu'on goûte à contenter soi-même ses caprices.
Chapeau couleur du ciel, chef-d'œuvre de mes doigts,
Dis-lui bien la beauté, l'attrait que tu me dois...
Cet hiver, subissant les longues quarantaines,
Nous projetions déjà mille courses lointaines;
Aussi, quand la première hirondelle à nos yeux
Apparut sur le toit, il s'écria, joyeux :
« Les lilas vont fleurir! Voici la messagère
D'avril! — Vive l'amour! Fais-toi belle, ma chère. »

*Elle va essayer le chapeau devant la glace, puis revient vers
la table.*

Mais enfin, quel projet avait-il pour partir
Quand mon amour osait à peine y consentir?
Quelques bonnes raisons que je me sois données,
Je fus triste, en effet, durant ces deux journées.
Si j'étais soupçonneuse... oh! je ne le suis pas!...
— Son ami Paul, c'est un marquis de Carabas :
L'heureux musicien! il est propriétaire
D'une villa, d'un parc, du côté de Nanterre...
Henri pouvait fort bien, cependant, décliner
L'honneur de prendre part à ce fameux dîner
De Bougival... Mais non, je suis une égoïste :
Je dois songer d'abord à ses travaux d'artiste;

Il fallait qu'il revît son collaborateur :
Un livret d'opéra veut un compositeur.

> *Elle prend, dans le tiroir de la table, une lettre sur laquelle*
> *elle jette les yeux et qu'elle remet, pensive, à côté d'elle,*
> *parmi ses chiffons.*

Et dire que l'on veut pourtant que je le quitte!
Moi, quitter mon poète! Oh! je ne suis pas quitte :
Je lui dois mon bonheur. Ai-je le cœur si bas
Pour craindre... Pauvre mère! Elle ne comprend pas.

> *Elle se lève et parcourt la chambre de long en large.*

Non, non, je resterai, car je m'y suis contrainte;
Dût l'avenir, rêvé plein de volupté sainte,
D'un sort immérité m'accabler à jamais,
Moi qui me suis donnée à l'homme que j'aimais...
Mais veut-il aujourd'hui me laisser prisonnière?
Et ferait-il sans moi l'école buissonnière?

> *Allant vers la pendule.*

Neuf heures!

> *Bruit au dehors.*

Le voici. — Son pas est plus léger,
Ce n'est pas lui.

> *On frappe.*

Qui donc? Sans doute un étranger
Qui se trompe.

> *Elle va vers la porte, l'ouvre. Entre Henri.*

SCÈNE II

HENRI, LUCIE. *Henri passe devant elle sans dire un mot, comme préoccupé, se dirigeant vers la gauche.*

LUCIE, *enjouée.*

C'est toi! — L'idée originale
De t'annoncer!... Crois-tu l'heure si matinale?
D'habitude, chez nous vous entrez sans frapper,
Monsieur... Probablement c'était pour m'attraper.

HENRI.

Justement.

Il va poser sur la table des rouleaux de papier. — Elle, le devinant, court jeter dans le tiroir, avec des débris de rubans, la lettre qu'elle avait laissée en vue.

LUCIE, *surprise.*

Ah! mon Dieu!

HENRI, *à part, pendant ce mouvement.*

Tiens! un billet. Je flaire
Là-dessous quelque sotte intrigue épistolaire.
Paul a raison, peut-être, et je... Quoi donc?

LUCIE, *indifférence simulée.*

Oh! rien!...

HENRI, *à part.*

Quel air embarrassé, quel singulier maintien!

LUCIE.

Alors, tu ne dis pas bonjour? Et l'embrassade?...
Vous l'oubliez?...

Il va froidement la baiser sur le front.

Ami, ton baiser est maussade.
Qu'as-tu donc ce matin?

HENRI.

Moi? rien. Que puis-je avoir,
A ton avis? — Je suis heureux de te revoir,
Fraîche comme une rose, après deux jours d'absence.

LUCIE, *caressante.*

Presque trois, compte bien, chéri. Quelle licence
Tu t'es permise!

HENRI.

Oui, j'ai dû rester plus longtemps
Que je ne supposais. Des motifs importants...

A part.

Ah! si je peux saisir sans qu'elle le soupçonne
Ce billet qui m'intrigue...

Haut.

Il n'est venu personne
Me demander, hier?

LUCIE.

Pas même le portier.
En montant me conter les cancans du quartier
Il m'aurait divertie. — A propos, cher poète,
Songe qu'il est fort tard, et qu'aujourd'hui c'est fête;
Ouvre tes yeux bien grands et fais provision
De style noble et de points d'exclamation :

16.

Elle se coiffe.

Admire mon chef-d'œuvre inédit et devine
Tout ce que m'a coûté cette chose divine.
Que tu vas être fier de m'avoir au côté!

    Elle se tourne vers lui, de face.

Rendez-moi les honneurs qu'on doit à la beauté.

    Voyant qu'il reste indifférent.

Quoi! tu n'es pas séduit, inondé de lyrisme?
C'est l'éblouissement qui cause ton mutisme :
Tu songes, je parie, à m'écrire un sonnet!

HENRI.

Je t'aime presque autant en modeste bonnet.

LUCIE.

On ne peut décemment sortir un jour de Pàques
En pauvresse, chantant « Fanchon » ou « Pauvre Jacques » ;
Aussi fait-on des frais pour plaire.

HENRI.

                 Moi, je suis
Facile à contenter : la mode que tu suis
Me plaît toujours.

LUCIE.

        Vraiment! Cependant ta coutume
Étant de t'occuper un peu de mon costume,
De me donner ton goût...

HENRI.

           Oui, j'aime assez te voir
Ce tout petit chapeau garni d'un voile noir,
Qui te donne un peu l'air espagnol...

LUCIE.

Quel scandale!
Une espagnole blonde, — et la couleur locale!

HENRI.

Voyons, tu ris de tout.

LUCIE.

Toi, tu ne ris de rien.
Enfin, c'est entendu, mon chapeau n'est pas bien.
Du moins, il te déplaît : il manque son entrée
Et ne recueille pas la gloire désirée.
Je ne le garde pas.

HENRI.

Je ne dis pas cela.
Mais à quoi bon encor ces colifichets-là?
Maintenant c'est chez toi comme une frénésie
De vouloir contenter sans but ta fantaisie,
Ton caprice bizarre et frivole à l'excès :
On dirait...

LUCIE, *l'interrompant.*

Que tu vas me faire mon procès.
Quel ton de loup-garou! — N'est-ce qu'un badinage,
Ou mon chapeau va-t-il brouiller notre ménage?
Maudit soit-il! — Tu sais, j'avais cru seulement,
Je m'imaginais... Mais un brusque changement
S'est fait dans ton esprit; — j'en ignore la cause.
J'étais folle! — Peut-être aimes-tu mieux le rose;
Mais le bleu te plaisait beaucoup, le mois dernier.

HENRI.

Je ne t'ai jamais dit...

LUCIE.

Menteur! oser nier
La chose sans rougir!

HENRI.

Ta jupe, ton corsage,
Certes, sont ravissants; ton cher petit visage
Est divin, encadré d'azur! — Un fait acquis,
C'est que tu sais te mettre avec un goût exquis.
Quel est ton conseiller?

LUCIE.

C'est notre amour lui-même.
L'amour est un sorcier, son pouvoir est suprême.

HENRI, *ironie froide.*

Prodigieux, ma foi!

LUCIE.

Cesse de raisonner
Sur ce ton; car vraiment j'ai lieu de m'étonner.
Tu n'es pas très galant pour moi. Dois-je en conclure
Qu'un événement triste a changé ton allure?
Parti tout glorieux, tu reviens sans ardeur...
Que s'est-il donc passé? Qui t'a rendu boudeur?

HENRI.

Une scène imprévue, étrange, lamentable :
J'arrive à Bougival à l'heure où l'on s'attable;
Au lieu de joie, un deuil. — Paul était tout en pleurs.
Il se jette à mon cou, me conte ses malheurs:
Sa maîtresse, — tu sais, la célèbre chanteuse
De talent très réel, mais de beauté... douteuse,

De laquelle il est fou, qui, dans notre opéra,
Devait tenir le grand rôle de *Fœdora,* —
Eh bien! elle le trompe, et partout le diffame
Auprès de ses amis...

LUCIE.

          Oh! la méchante femme!
— Car lui, l'excellent cœur, jamais ne l'affligea. —
Mais quel est son rival?... Le connaît-il déjà?

HENRI, *la regardant fixement.*

Parbleu! C'est un banquier très laid, qu'en son absence
La dame recevait en vieille connaissance...

     A part.

J'avais cru la surprendre... Elle ne tremble point,
Cependant. — Peut-elle être effrontée à ce point?

     Haut.

Et croirais-tu qu'il veut se battre avec cet homme?

LUCIE.

Il a raison.

HENRI.

     Vraiment? — Belle raison, en somme.
En sera-t-il après moins malheureux qu'avant?
Puis, va-t-on disputer la femme qui se vend
A celui qui l'achète?

LUCIE.

          Et ce fameux ouvrage,
Vous l'avez terminé?

HENRI.

          Paul faillit, dans sa rage,
Jeter au feu — j'en ai rêvé toute la nuit! —
Partition, livret, et tout ce qui s'ensuit.

Nous sommes restés seuls et j'ai dû tout entendre.
Ce n'est pas gai. — Pourtant il aurait dû s'attendre
A cela. — N'est-ce pas pour la femme un bonheur
Que de s'abandonner au démon suborneur?
Ce qui brille le plus nous ravit sa tendresse,
Et son amour fait fi de notre humble détresse.

LUCIE.

Quoi! tu peuples le monde, ingrat malencontreux,
De maîtresses sans cœur et d'amants malheureux!
Et, pour justifier ta vaine théorie,
Tu nous ranges tous deux dans la catégorie.
Selon les lieux communs sur l'amour débités,
Toujours l'homme subit nos infidélités.
Mais c'est tuer l'amour... mais c'est se montrer lâche,
Malgré tout votre orgueil!

HENRI, *ironiquement.*

Tiens! voilà qu'on se fâche.

LUCIE.

Je ne me fâche pas; je m'exalte à bon droit.
Comment aurais-je pu t'entendre de sang-froid
Émettre un doute, alors qu'une affection douce
Dans la simplicité nous berce sans secousse...
Pour te tromper, Henri, quel talent il faudrait!
Si j'essayais un jour...

HENRI, *brusquement.*

Qui t'en empêcherait?

Nul serment ne te tient. Quand on est libre et belle,
Les hasards non cherchés viennent en ribambelle.
Sais-je ce que tu fais après que j'ai quitté
La maison? — Je n'ai pas le don d'ubiquité.

Je ne suis pas non plus un amant magnifique
Possédant du sorcier la baguette magique ;
Et dans le tourbillon des plaisirs dévorants
Je fais triste figure...

LUCIE, *l'interrompant vivement.*

Arrête, je comprends !
A la bonne heure, au moins, tu n'épargnes personne.
Je te laissais parler... Mais puisqu'on me soupçonne,
Je m'indigne, à la fin. Je veux savoir pourquoi
Tu me traites ainsi. Dis vite, réponds-moi.
Mais non... J'ai deviné jusqu'au bout ta pensée,
Je sais ce que cachait ta phrase commencée.
A la foi du serment n'osant pas te fier,
Pourquoi ne pas descendre à me faire épier ?
Tu le pouvais, c'était ton droit. N'es-tu pas maître
De me chasser d'ici, de ne me plus connaître,
Et d'aller proclamer demain dans tout Paris
Qu'en un piège odieux, imprévu, je t'ai pris ?
Pour t'épargner l'ennui de me jeter l'injure,
Je ne la sens pas moins cruelle, je te jure !
Fallait-il ces détours pour me porter ce coup ?

*Sur un geste que fait Henri pour parler. — Il est assis, elle,
debout, devant lui.*

Non, tais-toi, mon ami, tu m'en as dit beaucoup.
Pour la première fois, par toi-même choquée,
Je vois la jalousie infamante évoquée
Sur ce vague motif d'un lambeau de velours.
— Pourtant tu sais qu'il faut que nous plaisions toujours ! —
Quoi ! me comparer presque à la femme galante
Dont chacun peut payer la faveur insolente !...

Dis, n'est-ce pas horrible ? — Ah ! oui, malheur à nous
Qui faisons pour l'aimé nos rêves les plus doux...
Par quel nouvel objet est-elle accaparée
Cette part de ton cœur que tu m'as retirée ?

HENRI, *il se lève.*

Tu prends mal à propos de grands airs triomphants.
Est-ce un jeu de ta part ?... ou si tu te défends ?
Certes, c'est bien ainsi qu'une femme s'arrange,
Accusant à son tour pour nous donner le change,
Et ne laissant jamais un affront à moitié.

LUCIE, *indignation croissante.*

Ah ! c'en est trop, Henri ; vrai ! tu me fais pitié.
J'oubliai tout pour toi : position, famille ;
Je fus la sœur coupable et la mauvaise fille !
Je n'ai rien écouté. — Du jour où je te vis,
La route que tes vœux prenaient, je la suivis.
Que m'importait qu'après, un monde à la voix haute
A ma félicité donnàt le nom de faute :
J'en avais estimé la morale à son prix,
— J'avais des souvenirs pour braver son mépris. —
Aussi je n'ai pas cru que je lui dusse compte
De rien qui regardât mon honneur ou ma honte.
— Quand nous avons senti le cruel dénûment
Sur nos bras enlacés s'appuyer lourdement,
J'ai travaillé. — Tu sais quelle ardeur inquiète
Me faisait épargner jusqu'à la moindre miette
Du pain quotidien, non sans peine gagné.
J'ai souri, j'ai chanté, quand il nous fut donné.
— Je peux bien me vanter, enfin, à ma manière. —
Quand je pus être un peu coquette, j'étais fière,

Car, avant de songer à ces colifichets,
A ces frivolités, souvent je te trichais ;
Dérobant au repos les heures méritées,
J'ai veillé plus de nuits que tu n'en as comptées.
Pour toi j'ai froidement appris à calculer !
Mes doigts, grâce au prestige habile à consoler,
Faisant double travail, touchaient double salaire.
Alors à mes souhaits un ange tutélaire
Répondait... Je n'ai plus cette abnégation,
Cette force... Aujourd'hui s'en va l'illusion...
Je reprendrai ma place au rang des étrangères,
Dans le monde inconnu pour toi...

Elle va vers le fond.

HENRI.

Tu t'exagères
Mes discours ; je n'ai dû pourtant rien avancer
Qui, si j'ai jugé mal, ait lieu de te froisser.

LUCIE.

Non, certes, j'aurais tort de trouver singulières
Tes déclamations, tes façons cavalières.
Tu veux rompre... Au surplus, après ton jugement,
A quoi bon irais-tu t'exprimer plus crûment ?

HENRI.

Avoue enfin qu'au train dont partout vont les choses,
On peut avoir raison en de semblables causes ;
Les exemples nombreux...

LUCIE.

Oui, Henri, la raison
Nous dit de couper court à notre liaison.

17

Ce lien-là n'est pas, du reste, indissoluble;
D'aucun titre fâcheux la loi ne nous affuble.
Puisque tu n'as pas craint de prendre les devants,
Mieux vaut se séparer que rester survivants,
Pour le tourment commun, au sentiment qui cesse.
Nous avons trop longtemps écouté la jeunesse.
Nous nous sommes trompés tous les deux, voilà tout!
Adieu, Henri!

> *Elle s'éloigne vivement vers la porte; lui, fait quelques pas pour la retenir.*

HENRI.

Comment? Où vas-tu?

LUCIE.

N'importe où!

> *Elle ouvre la porte; sur le seuil.*

Pour tout l'amour passé mon cœur te remercie.

HENRI, *il veut la retenir; elle se dégage.*

Viens!

LUCIE.

Non, tu m'as blessée au cœur... Adieu!

HENRI, *la voyant fuir.*

Lucie!!!

SCÈNE III

HENRI, *seul. Il se promène, agité, puis va regarder*
à la fenêtre.

Je ne prévoyais pas ce dénoûment nouveau...
Le projet mûrit vite en son jeune cerveau...
Bah! sans doute, elle avait sa décision prise,
Ayant, de longue main, préparé l'entreprise.
Du reste, ce départ n'a pas dû lui coûter :
Elle n'a pas daigné seulement m'écouter.
Mieux vaut rompre, en effet. — Pourvu qu'elle s'en mêle,
Quelle femme ne sait s'en tirer tout comme elle?
J'en ai connu plus d'une au sourire moqueur,
Aux mensonges fardés, fruits gâtés jusqu'au cœur,
Qu'un génie infernal, insultant notre envie,
Fait croître chaque jour à l'arbre de la vie,
Sur la branche où nos mains, sans crainte, vont glaner.
Leur rôle, sur la terre, est de tout profaner,
D'opposer leurs dégoûts, leurs profondes sciences,
A la naïveté de nos chères croyances...
Il lui sied bien, vraiment, de sembler s'indigner
Et de fuir! — Ce moyen lui sert à s'épargner
Une explication timide, une querelle
Inévitable, avec la honte encor pour elle.
Elle avait rendez-vous chez un nouvel amant,
Et l'heure la pressait... Celui, probablement,

Que Paul a rencontré, demandant au concierge
S'il me savait absent.

Il semble chercher dans ses souvenirs.

     Eh! mon ami Thiberge,
Ne serait-ce pas vous, par hasard? — Paul prétend
Que l'homme en question, qui se dépêchait tant
De grimper l'escalier, avait la barbe blonde,
Comme vous, avec l'air le plus galant du monde.

Il va vers la table.

Du reste, le billet va me mettre au courant.

Il trouve le chapeau sur la table et le jette sur une chaise.

Tiens! voilà le sujet de notre différend.
Quel mauvais goût! quel luxe!... A propos, c'est un gage;
Elle viendra le prendre avec tout son bagage,
Quand cela lui plaira, c'est mon moindre souci.

Il cherche la lettre.

Elle l'a mis dans un tiroir... Ah! m'y voici.

Il la prend, la retourne en tous sens, et se dispose à la lire.

Diable! il aime un peu trop les parfums, ce jeune homme.
Mais, du moins, il est bref... Voyons donc s'il se nomme.

Après avoir vu la signature.

Comment? — Oui, j'ai bien lu: « Ta mère, Anna Bertin. »
Mais... je suis un grand sot... Et j'y perds mon latin.

  « Ma chère enfant,

 « La lettre que j'ai reçue de toi, après la visite que t'a faite
ton frère, m'annonce que tu persistes dans tes erreurs. C'est
ton cœur qui te perd, Lucie.

 « Charles te l'a dit : un honnête homme de nos amis

t'offre son nom et sa petite fortune. Il t'a toujours aimée
comme sa propre fille et veut oublier tes torts si tu mani-
festes un repentir sincère.

« Demain, jour de Pâques, viens à la maison dans la ma-
tinée, tu l'y trouveras, et nous pourrons causer. Tu me sais
aussi toute prête à pardonner. »

C'était son frère ! — Ainsi, la lettre est de sa mère !
Son infidélité n'était qu'une chimère...
Où donc Paul avait-il la tête, l'autre jour,
Pour me faire ce conte absurde ? — Était-ce un tour
De sa façon ? — J'arrive, et je lui tends un piège,
Pour la prendre en défaut... Sa bonté l'en prótège !

> *Il replace la lettre dans le tiroir.*

Remettons tout ici. Qu'elle ignore un moment
Que je sais le secret de son beau dévouement.

> *Il va pour s'asseoir sur la chaise où il a jeté le chapeau ; il
> le saisit et le remet sur la table.*

Ah ! le mignon chapeau... qu'elle eût été jolie !...
Mais maintenant tout est perdu par ma folie.

> *Il s'assied.*

Pourtant, je n'ai jamais été jaloux... jamais !
Pour combattre un fantôme, insensé, je m'armais.
Quel talisman vainqueur du mal, quelle voix brève
A commandé de fuir au spectre affreux du rêve ?
Je m'interroge en vain. Jamais je n'ai senti
Les symptômes du mal. J'ai menti ! j'ai menti !
Oui, mon cœur est brûlant, mais non pas de ces fièvres
Qui font briller les yeux, se contracter les lèvres :
C'est d'une émotion toute jeune, en sa fleur.
L'écho d'une douleur parlait dans ma douleur.

17.

Si les femmes m'ont fait douter de l'amour même,
A ma foi de croyant arrachant un blasphème,
Elle avait rappelé sous ses yeux réjouis
L'essaim nombreux de mes plaisirs évanouis.
— Si d'autres ont déçu ma confiance douce
Dans l'intrigue vulgaire où le hasard nous pousse,
La joie était venue, avec mon idéal,
M'exiler pour toujours de ce monde banal.

Il se lève.

L'hallucination a cessé : tout s'explique.
Oui, je veux croire au bien ; je ne suis pas sceptique...
Mais comment lui prouver, et lui dire assez haut ?...
— Il faut que je la trouve à tout prix... Il le faut ! !

Il va prendre son chapeau, dans le fond, et se dirige vers la porte.

SCÈNE IV

HENRI, LUCIE.

HENRI. *En ouvrant il aperçoit sa maîtresse, appuyée au mur de la petite pièce d'entrée. — Il lui dit quelques mots précipitamment, puis l'amène sur le devant de la scène.*

Quoi ! te voilà... Comment ? Tu n'étais pas sortie ?
Que faisais-tu ? — Bien loin je te croyais partie...
Je voulais te trouver, te parler à l'instant,
Et je courais... Tu vas savoir tout, j'en ai tant !

Ces perles de douleur que tes yeux ont versées,
Je les rachèterai par de bonnes pensées.
Vois-tu, je n'étais pas maître de moi, c'était
Un autre qui parlait quand ma voix t'insultait ;
Tu lui pardonneras, — par tout ce qu'il endure
Pour sa punition. — C'est moi qui t'en conjure,
Moi, pour qui ton amour est le suprême bien,
Cher ange de bonté !

LUCIE.

Va, je m'en doutais bien !
Cependant, à mon sort forcément résignée,
Quand précipitamment je me fus éloignée,
C'est vrai, j'ai bien pleuré : cela me soulageait ;
Avoue, au moins, méchant, que j'en avais sujet
Et que j'aurais dû mieux me tenir ma promesse...
Les gens endimanchés qui sortaient de la messe
Me faisaient peur, avec leurs regards curieux,
Car tout me trahissait, ma démarche et mes yeux.
N'ayant pas essayé d'apaiser cet orage,
Je voulus le tenter : j'eus assez de courage,
Assez d'amour, pour croire au prochain repentir.

HENRI.

Il est profond, celui que j'ai dû ressentir.

LUCIE.

Puis, que fût devenu, sous ta main courroucée,
Mon joli chapeau neuf? — J'ai suivi ma pensée ;
Je ne me trompais pas : je t'attendais, tu vois !

HENRI, *montrant le chapeau.*

Ce témoin convaincant vient d'élever la voix :
Oui, tu me fus toujours trop bonne, trop fidèle.

LUCIE.

C'est se plaindre que la mariée est trop belle.
M'aimeras-tu toujours? — Tu sais, c'est très longtemps,
Toujours!

HENRI.

Et toi?

LUCIE.

Toujours!

HENRI.

O cieux bleus éclatants!
Vous recevrez nos vœux.

Il va vers la fenêtre, l'ouvre, et montre de la main les arbres.

Vois-tu les belles choses,
Dans le jardin, là-bas, et les apothéoses
Qu'on prépare au doux mai? Dans les grands marronniers,
Entends-tu la chanson joyeuse des ramiers?
Les vieux murs sont parés de guimpes de verdure;
Tout est splendeurs, parfums tièdes; le ciel s'azure.
Les oiseaux, les amants s'en vont à travers bois.
Partons.

LUCIE.

Est-ce à Meudon, Saint-Germain, ou Sannois?

HENRI.

Où tu voudras.

LUCIE. *Elle va pour se coiffer, et montre son chapeau à Henri,
qui le lui met sur la tête.*

Eh bien! qu'en dis-tu, tout de même?
N'ai-je pas du talent?

HENRI.

Mais c'est tout un poème !
Je décerne le prix à l'instant au vainqueur.

Il l'embrasse.

LUCIE.

Voulez-vous bien finir, avec votre air moqueur !

HENRI.

Voyons ! sommes-nous prêts ?

LUCIE.

J'y suis. — Ah ! ma voilette !

*Elle va vers la table, ayant cherché ce prétexte, tandis que
lui, au fond, s'impatiente. — Elle prend, dans le tiroir,
la lettre qu'elle met, froissée, dans sa poche. — Elle est
vue seulement du public. — Puis, revenant auprès de la
cheminée.*

Tiens ! voilà ton dernier bouquet de violette ;
Il sent très bon encore...

Elle le met à son corsage.

En route pour Meudon !
Nous prendrons le bateau ?

HENRI, *frappant légèrement du pied et lui saisissant la taille.*

Mais dépêche-toi donc !

Mademoiselle Molière

SCÈNE IMITÉE

D'UNE PAGE DE LA « FAMEUSE COMÉDIENNE »

PERSONNAGES

MOLIÈRE, 49 ans.

CHAPELLE, 45 ans.

———

En 1671, — *après* Psyché, — *avant* Les Femmes savantes.

Mademoiselle Molière

Un coin du jardin de la maison d'Auteuil. — Molière est assis à
une table, à gauche, le front dans les mains, accablé ; — Chapelle
entre du côté opposé, sans le voir tout d'abord, caché qu'il est par
des troènes et des lilas en buisson.

CHAPELLE.

O Bacchus ! voile-toi la face, s'il te plaît...
On ne peut se griser, céans : rien que du lait,
Hélas !... J'implore en vain la servante ; j'insiste :
« Nenni ! »

Appelant.

Molière !... Eh bien ?

A part, l'apercevant.

Diable ! il a le lait triste.

Haut.

C'est moi, l'ami Chapelle... et j'ai l'esprit très sain.

18

Mais vous, n'avez-vous point besoin d'un médecin?
Vous pleurez?

MOLIERE, *se levant, surpris.*

Ah! c'est vous.

CHAPELLE.

Quelle peine profonde?...

Ces soupirs...

MOLIÈRE, *embarrasse, avec un sourire forcé.*

Des soupirs?... non! pas le moins du monde.
Je ruminais des vers d'un comique!... Quelqu'un
De fort plaisant me quitte, et je...

CHAPELLE.

Suis-je importun?

MOLIÈRE.

Vous?... jamais!...

Avec douleur.

Ah! la vie est une sotte chose,
Mon bon Chapelle!

CHAPELLE.

Il est vrai que tout n'est pas rose.
Ainsi, moi qui croyais, fier d'avoir ma raison,
Rire un peu, je ne vois que deuil dans la maison.

Vers la sortie.

Allons! pardonnez-moi ma visite indiscrète
Et mon désœuvrement qui près de vous m'arrête.
Je vous quitte!...

MOLIERE, *à part, après un mouvement d'abandon.*

Mais non... cet épicurien
Rirait de mon tourment, sans doute, et n'y peut rien.

CHAPELLE, *se retournant et se couvrant.*

Donc !...

MOLIÈRE, *le retenant.* — *Avec un débordement d'effusion.*

Eh bien ! si. Restez... Mon cœur trop plein demande
A s'épancher... Il faut que je parle d'Armande !

CHAPELLE, *redescendant.*

Encore Armande !

MOLIÈRE.

Encor !... Toujours elle ; toujours
Cet amour-là, le plus cruel de mes amours
Pour les égarements de ma pauvre nature...
Vous savez que depuis la dernière aventure,
— Et cela, sans aucun arrêt du Parlement, —
Nous sommes convenus de vivre isolément :
Elle, lâchant la bride à cette fantaisie
Fastueuse qui fait croître ma jalousie ;
Moi, tout à mes travaux, tout à mon désespoir.
Mais en vain je voudrais ne jamais la revoir,
Et, du logis d'Auteuil la tenant éloignée,
N'en plus entretenir ma pensée indignée.
Le sort se rit de nous : chaque jour je la vois
Au théâtre, à la cour où nous jouons parfois.
Dans quelle émotion sa présence me laisse !
Tantôt même, — ah ! tenez, oui, c'est trop de faiblesse ;
J'en conviens, je l'avoue, avec vous ; ces transports
Devraient être masqués de tranquilles dehors, —
Aujourd'hui, j'ai failli, troublé, la face blême,
Malgré tout, lui redire encor combien je l'aime.

CHAPELLE.

Vraiment, je vous croyais le cœur placé plus haut,
Gardant pour les méchants tout le dégoût qu'il faut...
Ami, soyez plus fort contre cette infortune.

MOLIÈRE.

Eh! parbleu! l'on s'en moque: elle est assez commune;
Mais sans déchirement je n'y saurais songer.

CHAPELLE.

Ne croyez pas, au moins, votre honneur en danger,
Quoi que fasse l'envie et toute sa séquelle.

MOLIÈRE.

La façon dont il faut que j'en use avec elle
M'accable... J'aurais beau raisonner à mon tour.
Car « la raison n'est pas ce qui règle l'amour ».

CHAPELLE.

C'est parler comme Alceste en sa misanthropie.
Dans ses éclats jaloux est-ce vous qu'il copie?
Mais vous qui critiquez si bien l'humanité,
Censurant ses défauts et son infirmité;
Vous qui, le fouet en main, ne la ménagez guères,
Devriez-vous donner dans ces travers vulgaires?
Certes, le plus grand tort qu'un amant puisse avoir,
C'est bien de se laisser aller au désespoir
Parce qu'une personne indigne de tendresse
Ne répond pas aux vœux fervents dont il la presse.
Et ce ne sont pas là pour vous mettre en courroux
Des sujets de tourment d'un homme tel que vous.

MOLIÈRE.

Un homme tel que moi souffrira plus encore
Qu'un autre, si l'épouse indigne qu'il adore,
Se livre, sans vergogne, à l'appât des plaisirs.
Toujours, il sentira l'ardeur de ses désirs
Redoubler, car chez lui le cœur gouverne en maître.
Loin de s'en consoler, il en mourra peut-être !

CHAPELLE.

Ah ! Molière, fuyez l'attrait de ses baisers.
Le mépris peut guérir... Et vous la méprisez !

MOLIÈRE.

Vous pensez me prouver qu'il faut que je l'oublie ?
Je l'aime !... Entendez-vous, ami ?

CHAPELLE, *à part.*

Quelle folie !
Comme il souffre !... Et pourtant, qui pourrait l'en blâmer ?
Haut.
Il ne vous reste plus qu'à la faire enfermer.
C'est un droit qu'aux maris outragés on accorde.
Profitez-en, morbleu !... Quelle miséricorde
Conservez-vous pour elle ? En a-t-elle eu pour vous ?
Montra-t-elle un semblant de pitié pour l'époux
Qui la priait, les mains jointes, les yeux en larmes,
De cesser pour toujours d'abuser de ses charmes ?
Croyez-m'en, le conseil en arrive à propos :
Ce sera mettre, enfin, votre esprit en repos.

MOLIÈRE.

C'est fort juste...
Un temps.
Avez-vous jamais aimé, Chapelle ?

18.

CHAPELLE.

Oui, quelquefois... autant que je me le rappelle.
Mais, j'en suis sûr, ce fut — et j'en rends grâce aux dieux —
En homme de bon sens, en homme sérieux.
Ne craignant pas d'agir contre quelque inhumaine,
Je n'aurais certes pas été me mettre en peine
D'accomplir un dessein que l'honneur m'eût tracé
Pour venger promptement mon orgueil offensé...
Soyez brave! Armez-vous contre l'ingratitude.
Je rougis qu'on vous trouve en cette incertitude!

MOLIÈRE.

Je vois que vous n'avez jamais aimé vraiment
Et que vous aurez pris pour un pur sentiment
Le passe-temps léger de quelque bagatelle.
Ne le sentez-vous point? la passion est telle
Qu'elle n'accepte aucun moyen exagéré
Pour ramener à nous un objet adoré;
Qu'elle veut avec lui rester d'intelligence
Sans jamais recourir à la basse vengeance.
Ah! si je vous contais tout ce que je ressens,
Vous souririez encor de mon peu de bon sens;
Mais vous comprendriez l'angoisse d'être esclave
De l'amour, de nourrir en soi ce mal qu'aggrave
Chez un homme le feu de son tempérament.

CHAPELLE.

Si je viens de parler un peu légèrement,
Pardon ! car je vous plains... Vous pouvez tout me dire.

MOLIÈRE.

Eh bien! connaissez-le, Chapelle, ce martyre

Que j'endure, sans croire au meilleur lendemain.
Je sais, prétendiez-vous, ce qu'est le genre humain;
J'y consens : les portraits qu'en fait ma comédie
Prouvent que longuement, partout, je l'étudie.
— J'ai dépeint l'hypocrite et l'amant dépité,
Et celui qui se rit d'une infidélité;
Puis, sentant s'échauffer ma verve de poète,
Tout le mal que peut faire une femme coquette. —
Si ma science, ainsi, m'a montré le péril,
J'en juge par moi-même, il serait puéril,
Quand le mauvais destin nous a choisi pour cible,
D'espérer échapper, ayant un cœur sensible,
De se soustraire aux lois tyranniques du sort.
Pour vaincre mes penchants j'ai fait plus d'un effort,
Mais je n'ai pu calmer ce besoin de tendresse
Inné chez moi, désir qui troubla ma jeunesse.
Il est pourtant bien peu de femmes, ici-bas,
Qui méritent l'honneur qu'on s'attache à leurs pas :
En des soucis mesquins leur cerveau se fatigue;
L'intérêt ou l'orgueil leur inspire l'intrigue...
J'ai voulu que la mienne, encore presque enfant,
Eût pour elle, à mes yeux, tout ce qui les défend
Du mal : l'amour sincère et l'entière innocence,
Et qu'elle se liât par la reconnaissance.
Pour compter ses défauts j'étais bien trop épris,
Et je me crus le moins à plaindre des maris.
Notre union, d'abord, me parut sans nuage :
J'étais toujours amant, malgré le mariage;
Mais son indifférence et ses instincts mauvais
Me prouvèrent bientôt quels torts grossiers j'avais,
— Moi, vieillard presque, moi, l'âme encore inquiète

De mille autres projets, — de m'aller mettre en tête
Que, l'ayant élevée à ma dévotion,
Je pouvais m'assurer de son affection.

CHAPELLE.

Chez vous, c'est maintenant Arnolphe auprès d'Alceste.
Vous qui fîtes Agnès, vous le savez de reste :
Le respect est un bien médiocre sentiment
Pour attirer à nous et fixer sûrement
Les cœurs jeunes auxquels aimer est nécessaire.

MOLIÈRE.

Aussi, j'ai peu tardé de sentir ma misère.
Quand j'ai vu que j'étais publiquement trompé,
Qu'elle se détachait de moi pour un abbé
De Richelieu, pour un de Guiche...

                    Chapelle l'arrête d'un geste.

                         que la ville
Et la cour faisaient bruit de cette action vile,
Qu'elle allait me gâter le reste de mes jours,
A mon esprit je crus pouvoir avoir recours :
Je fis le philosophe et je me dis qu'en somme
L'honneur même auquel peut prétendre un galant homme,
Ne doit dépendre en rien, fût-on très chatouilleux,
De la basse conduite et du train scandaleux
De sa femme. — Espérant en ma bonté, d'avance,
Contre tous mes soupçons elle eut une défense...
Le croiriez-vous ? — C'est vrai, l'homme est lâche, souvent.
Tel qu'une girouette, il tourne au moindre vent. —
Elle pleurait, sa voix me semblait tout émue;
Mes résolutions tombèrent à sa vue;

J'oubliai mes griefs certains, son abandon;
Et bientôt ce fut moi qui demandai pardon!

CHAPELLE.

Comédienne encor!... toujours comédienne!
Quoi! n'est-il pas en vous un seul projet qui tienne
Contre des pleurs menteurs et des regrets joués?...
Et votre dignité, vous la désavouez!

MOLIÈRE.

Elle mérite plus ma pitié que mon blâme.
Qui sait? si je ne peux la bannir de mon âme,
Elle a sans doute aussi même difficulté
A refuser l'encens que lui vaut sa beauté,
A détruire un penchant dont mon esprit s'alarme
A l'excès...

CHAPELLE, *l'interrompant.*

          Sa beauté! Vous lui donnez une arme
Contre vous. C'est vous seul qui la faites valoir.
Au théâtre, où près d'elle on vous voit chaque soir,
Dans vos beaux vers charmant toute la compagnie,
Vous parez ses discours d'une grâce infinie.
Son peu d'attraits en prend un lustre sans pareil
Aux yeux des courtisans, à ceux du Roi-Soleil.
Célimène, Psyché, Lucile, Alcmène, Elmire :
Sous ces masques divers c'est elle qu'on admire.
Vous faisant le bourreau de votre propre cœur,
Vous animez pour elle un parterre moqueur...
Ah! par pitié pour vous, retirez-lui ces rôles
Qui la font ardemment convoiter par des drôles,
Et que dans votre troupe elle reste à l'écart...

MOLIÈRE, *enthousiaste.*

Jamais! Nous nous devons tous les deux à notre art.
Qui donc s'incarnerait dans ces types multiples?
Elle et Baron ne sont-ils pas de mes disciples,
Des élèves que j'ai formés, les plus chéris?
Et n'est-ce pas par eux que je pleure et je ris?
Ah! combien mes élans redoublent auprès d'elle,
Quand, en scène, ravi de la trouver si belle,
Dans la chaleur du jeu peu à peu m'animant,
Je lui tiens devant tous un langage d'amant!
Vous qui cent fois m'avez écouté du parterre,
De mes chagrins secrets connaissant le mystère,
Dites combien l'époux sait seconder l'acteur
Quand Célimène entend mon vers accusateur
Lui reprocher tout haut sa longue perfidie;
Dites, par ce public comme elle est applaudie,
L'humaine vérité qui vibre dans ma voix!

CHAPELLE.

Vous ne guérirez pas, Molière, je le vois:
Pour vous, hélas! aucun espoir ne me rassure.

MOLIÈRE.

Apprenez-le donc, vous, qu'effraye ma blessure:
La douleur, pour celui que séduit le travail,
Doit être un aiguillon, non un épouvantail.
Aussi vais-je, écartant ceci de ma cervelle,
Griffonner quelques mots de ma pièce nouvelle.

CHAPELLE.

Pour votre femme un rôle y doit être esquissé,
Je gage!

MOLIÈRE.

Oui, le plus doux et le plus caressé
De tous les beaux enfants de ma grande famille :
Une femme exemplaire : Elmire jeune fille,
Aimante, et du devoir suivant les chastes lois.

CHAPELLE, *ironique.*

Armande ne sert pas de modèle, je crois ?

MOLIÈRE.

Raillez ! Raillez ! mauvais plaisant : je n'en ai cure.
  Il remonte.
Je vous laisse tout seul.

CHAPELLE, *tirant un livre de sa poche.*

              Seul ?... Avec Épicure !...
Je vais faire des vœux pour votre apaisement.
  Molière sort rapidement, ayant fait un geste d'adieu.
Quoi que j'en dise, il m'a troublé profondément.
  Regardant du côté par où Molière est parti.
O foule ! c'est à toi qu'il se donne en pâture,
Cet homme généreux que son humeur torture !
Il va rire avec toi de ce qu'il a souffert.
Son œuvre est calme et bon, sa vie est un enfer...
  Sur le devant du théâtre.
Ah ! pourquoi se créer des soucis inutiles,
S'emprisonner le cœur dans des liens futiles,
Placer si haut l'amour qu'on ne peut le saisir
Et lui marquer un but autre que le plaisir ?
Faut-il donc au génie un pareil lot d'épreuves,
D'afflictions toujours plus terribles, plus neuves,

Alors qu'au seul renom il attache du prix?...
C'est ton laurier qu'il veut, peuple qui l'as compris.
Mais pour nous le Parnasse est un autre Calvaire
Où la Gloire, déesse au front pâle et sévère,
Jonchant le sol de plus de ronces que de fleurs,
Impose à ses élus le baptême des pleurs!

L'Absente

COMÉDIE EN PROSE, EN UN ACTE

PERSONNAGES

RENÉ, 50 ans.

HENRIETTE, 43 ans.

GENEVIÈVE, 60 ans environ.

———

Costumes 1830, ad libitum.

L'Absente

Versailles, — le Versailles silencieux et désert d'avant 1870, avec de l'herbe entre les pavés des rues. — Un jardin de petite maison bourgeoise Louis XV. A gauche, l'habitation même : le perron et la porte d'entrée. — Au fond, une tonnelle couverte de vigne vierge et de houblon fanés. — Sous cette tonnelle, sur un piédestal, la statuette connue sous le nom de « Garde à vous ! » un Cupidon, le doigt aux lèvres, la tête penchée, les yeux narquois. — Vers la droite, une petite porte presque dissimulée dans le mur, au-dessus duquel s'ébouriffent les ormes d'une des grandes avenues. — Sièges rustiques, table ronde fixée au sol. — Plates-bandes avec chrysanthèmes et autres fleurs d'automne.

SCÈNE PREMIÈRE

GENEVIÈVE, RENÉ.

RENÉ, *indiquant à Geneviève, qui vient de la maison,*
la table placée au centre du jardin.

Il faudra mettre le couvert ici, ma bonne Geneviève.

GENEVIÈVE.

Comment! dans le jardin... en plein air?

RENÉ.

Oui, ma foi. La soirée est belle : le soleil de septembre éclairera de ses derniers feux le repas quasi
champêtre. Vois-tu, ce ciel-là est bien en harmonie
avec mes impressions. Mon été va finir aussi. Mon
demi-siècle est venu — sournoisement, sans me prévenir. — J'ai eu beau me boucher les oreilles, je l'ai
tout de même entendu sonner, ce matin.

GENEVIÈVE.

Et que dirai-je donc, moi? Il y a longtemps que j'en
étais où vous en êtes... D'où vous vient ce semblant
de tristesse? Serais-je obligée de vous rappeler à
l'ordre, à présent?... Mais, j'y songe : cette table sera
bien petite pour quatre ou cinq personnes.

RENÉ.

Aussi ne serons-nous que deux. Mon neveu, le
musicien, et sa femme ne peuvent venir. Ils m'ont écrit
que leur fillette est souffrante.

GENEVIÈVE.

C'est cette lettre-là qui vous est arrivée avant-hier
soir?

RENÉ, *un peu embarrassé.*

Oui... tu l'as deviné.

GENEVIÈVE.

Quel contre-temps! un jour de fête!

RENÉ.

Tes frais ne seront pas en pure perte, je t'assure.
Nous aurons l'appétit double.

GENEVIÈVE.

Alors, vous serez seul, tout seul, avec cette dame
de qui vous m'avez parlé?

RENÉ.

Mon Dieu, oui, tout seul! en tête à tête. Un petit
souper, quoi!... A mon âge, c'est peu compromet-
tant.

GENEVIÈVE.

Eh! vous m'avez l'air de pouvoir encore fort bien
vous compromettre. Cette toilette... c'est pour cette...
personne?

RENÉ, *pirouettant sur ses talons, avec des allures
de petit marquis régence.*

Oui... je ne te le cacherai pas : c'est dans l'intention de plaire que... Corbleu! serais-tu jalouse?

GENEVIÈVE.

Jalouse? vous vous moquez! Si j'avais de la jalousie, elle serait, en tout cas, entièrement désintéres-
sée.

RENÉ.

Hein! Comment l'entends-tu?

GENEVIÈVE.

Je veux dire que c'est pour une autre, pour l'absente, que je me plaindrais... Vous avez fait un serment, ne l'oubliez pas.

19.

RENÉ.

Jusqu'à présent, j'ai tenu ma parole, n'est-il pas vrai?

GENEVIEVE.

Oui, certes, et, à part deux ou trois de vos parentes, je n'ai pas vu beaucoup de dames vous rendre visite.

RENÉ.

On me pardonnerait volontiers, je pense, un petit écart de conduite. Une fois n'est pas coutume.

GENEVIÈVE.

N'attendez pas de moi pareille indulgence!

RENÉ.

Diable! diable! quelle rigidité de principes! D'abord, c'est une personne très vieille... et pas du tout jolie.

GENEVIÈVE.

Vous m'en direz tant! Il est certain que j'excède un peu mes droits en vous parlant ainsi.

RENÉ, *lui prenant les mains.*

La bonne plaisanterie! N'as-tu pas ici tous les droits que tu veux te donner?... Depuis que je n'ai plus de famille, — et voilà bien longtemps, — ma famille c'est toi. Si je ne t'avais pas eue là, à côté de moi, comment aurais-je pu vivre, à demi enterré dans cet ermitage de Versailles, avec mes rêves envolés et mon amour brisé?

GENEVIÈVE.

Vous m'aviez pourtant dit que je ferais votre dîner de noces.

RENÉ.

Et cette promesse-là me tenait au cœur, je t'en réponds... Au lieu de cela, égoïste que je suis, je te condamne, à perpétuité, à préparer mes repas de vieux garçon maniaque. Toute à ton dévouement, tu gouvernes mon ménage, ainsi qu'une sœur aînée restée fille. Tiens, si nos âges n'étaient pas disproportionnés, il y a longtemps que je t'aurais épousée, pour ta peine. Mais on aurait pu t'accuser de convoiter mon héritage... comme s'il le méritait!

GENEVIÈVE.

Fi donc! épouser sa servante... On a vu de ces choses-là, pourtant... Mais vous aviez d'autres engagements... Vous aimiez.

RENÉ, *avec une émotion croissante.*

J'aimais, j'aimais! Et j'aime encore. Et cette affection est aussi vive, aussi chaude qu'aux premiers jours... O ma jeunesse! les battements de ton cœur ardent ont retenti dans toute ma vie... Dis-moi, là, sérieusement, Geneviève, suis-je bien vieilli, suis-je méconnaissable? Le moi d'il y a vingt-cinq ou trente ans a-t-il laissé quelque chose de lui-même au moi d'aujourd'hui?... J'ai tant de souvenirs que je crois parfois que chacun d'eux m'a fait un cheveu blanc.

GENEVIÈVE.

Vieilli! que non pas! Vos yeux sont pleins d'une

joie jeune et vaillante; vous rayonnez, en parlant du
temps jadis.

RENÉ.

C'est que je pense à Elle, à cette chère et unique
liaison qui m'a fait tant espérer et tant souffrir.

GENEVIÈVE.

Tenez, il y a des moments où, moi, je me reproche
d'avoir contribué à votre malheur. Si je ne vous avais
pas autrefois rendu le mauvais service de vous laisser
vous voir en cachette, en dépit des parents, vous et
la demoiselle du notaire d'à côté, comme j'appelais
Henriette, vous n'en seriez pas là... C'était mal de ma
part, convenez-en.

RENÉ.

Les obstacles ne rebutent pas les amours comme le
nôtre. Tu n'eusses pas été là, crois-tu que nous ne
nous fussions pas connus?... Ne fais donc pas ton
mea culpa, mais contente-toi de notre reconnaissance... Quelle peine, en effet, j'eus à obtenir d'elle
un rendez-vous, auquel, ainsi qu'à tous les autres, tu
assistais! Qu'elle fut courte et délicieuse, cette entrevue! Chaste et bonne, elle semblait lutter contre
ses craintes de jeune fille, tout en s'abandonnant au
sentiment qui remplissait son âme. Quelles aimables
réticences dans ses paroles! Quelles frayeurs dans
ses yeux couleur de myosotis!

GENEVIÈVE.

Aussi, je vous gâtais trop, tous les deux. Ah! si l'on
consultait les vieux domestiques sur l'établissement
des jeunes maîtres, tout irait bien mieux. Le notaire avait

des vues prétentieuses, et vous, avec votre modeste emploi aux Travaux Publics, vous étiez loin de réaliser pour lui l'idéal du gendre. Cette petite maison ne constituait pas une fortune... Sa méchanceté ne lui a pas porté bonheur, tout de même : à la suite de cette déplorable affaire financière où il s'était compromis, il dut s'enfuir à l'étranger, suivi de la pauvrette qui n'a pas voulu l'abandonner.

RENÉ.

Que c'est loin déjà, tout cela !...

GENEVIÈVE.

Et tous les deux, fidèles à cet amour, depuis si longtemps juré, vous envoyant par-ci par-là, avec mille précautions, une lettre, vous avez connu l'absence.

RENÉ.

Moi, du moins, je fus bien partagé : je t'avais pour compagne ; tu me donnais du courage. Mais elle, là-bas, dans cet exil... Enfin, tout va peut-être se modifier bientôt. Attendons !

GENEVIÈVE.

C'est bien long, bien triste... Il faudrait, pour qu'il y eût un changement, que le vieux, le père... Après tout, qui sait ?

RENÉ, *avec intention.*

Qui sait ? *(Un silence.)*

GENEVIÈVE.

Ah ! à propos, ce matin, en époussetant vos paperasses, je n'ai pas vu le portrait, accroché d'habitude, au-dessus du bonheur-du-jour.

RENÉ.

Tranquillise-toi. Je sais où il est... Ah! ce portrait!... Toute ma vie tient dans ce petit cadre ovale. C'est en le contemplant que je me suis pris, souvent, à désirer hâter la fuite des années, pour arriver plus tôt à l'accomplissement du rêve... C'est pour cette miniature qu'un beau jour l'ambition me vint... Mais il n'était plus temps : la chère adorée était loin, bien loin... Ah! plus de vingt ans de séparation!...

GENEVIEVE.

Me direz-vous, enfin, quelle est cette dame avec qui vous devez dîner? Il faudra bien que je le sache plus tard, sinon maintenant.

RENÉ.

Plus tard, plus tard tu le sauras, fille d'Ève que tu es... C'est cruel de me mettre ainsi à la question.

GENEVIEVE.

Et si je cherchais un peu?

RENÉ, *vivement*.

Mais tu n'as pas le temps de chercher. Il faut que tu prépares le festin. Il est cinq heures. *(Avec une emphase enjouée.)* Allez et faites un chef-d'œuvre!

GENEVIEVE.

Déjà cinq heures!... Je me sauve. *(A part, en s'éloignant après être restée un instant songeuse.)* Si seulement j'avais eu entre les mains l'enveloppe de la lettre...

(*Haut.*) Vous verrez la belle couleur de ma crème et de ma galette feuilletée.

RENÉ, *cueillant une fleur qu'il lui jette,*
en la menaçant ironiquement.

Mais va-t'en donc, bavarde! Laisse-moi : j'ai à mettre en ordre quelques notes... Tu écouteras à la porte de la rue; on sonnera bientôt. Tu feras entrer, sans rien dire. — Je te préviendrai, ensuite, quand il sera temps de servir. (*Geneviève rentre dans la maison.*)

SCÈNE II

RENÉ, *seul.*

Je n'ai pas voulu lui apprendre de but en blanc : on dit que trop de joie fait mal... (*Il tire de sa poche un portrait.*) Le voici!... O petite miniature, plus que jamais, aujourd'hui tu me rends soucieux... Comment vais-je la trouver?... Et elle-même, que va-t-elle penser de moi!... Malgré ce qu'affirme Geneviève, depuis ces jours-là, j'ai quelque peu changé... C'est elle, la divine, toujours présente en effigie auprès de moi. Qu'elle est ingénue avec son petit chapeau de velours et sa robe de soie à bouquets, comme on en portait alors!... Ah! les baisers que je t'ai donnés, douce image, quelque nombreux qu'ils soient, ne t'ont pas enlevé tes couleurs!... Si l'amour qui a vécu pendant

l'exil allait expirer au retour !... Car, enfin, quelque
immatérielle que soit notre affection, n'est-elle pas née
en moi sous le charme des traits caressés mille et mille
fois du regard ? En songeant à elle, je n'ai jamais un
instant séparé la bonté de son cœur de la pureté de
ses yeux. Je ne pouvais faire abstraction de la grâce
de ses allures, lorsque je pensais à la foi promise...
Peut-être se fait-elle, à cette heure, les mêmes tristes
réflexions. Où est le fiancé si alerte, si superbe d'en-
thousiasme ?... Si ces deux images allaient nous mentir
à tous deux !... Non, cela ne se peut pas. Le temps a
marché, sans que nous daignions nous en apercevoir.
Mais que fait le temps à l'éternité d'une tendresse si
robuste ? Non, l'attente n'a pas usé nos cœurs : les
douleurs, distillant goutte à goutte leurs larmes, n'ont
point agi sur ce diamant. Qu'importe si cet ovale est
moins pur, si dans cette toison d'or quelque fil blanc
se glisse ?... N'ai-je pas, moi-même, à me faire pardonner semblable crime ?... *(Il pose le portrait sur la table
et, s'approchant d'une plate-bande, cueille une fleur.)* Elle aimait ces fleurs mélancoliques, ces chrysanthèmes
teints de la nuance des derniers soleils... Voyons
encore ce qu'elle m'écrit... *(Il parcourt des yeux une
lettre.)* Son père est mort depuis un an, à peu près.
Elle a quitté Naples, dès que le voyage lui a été possible. *(Il lit.)* « J'arriverai par l'avenue ; je veux entrer
par la petite porte d'autrefois. » *(Il va à la porte du fond
et place au dehors la clef.)* Là, elle pourra pénétrer comme
chez elle. *(Il continue.)* « Mais il n'est pas convenable,
malgré tout, que nous nous voyions seuls ; je vous en
prie, René, par notre affection même, tâchez d'avoir

près de vous quelque personne de votre famille.
Notre bonheur n'en souffrira pas. C'est à cette con-
dition — votre délicatesse la comprendra — que je
me permets d'agir comme je le fais. » Quel scrupule
naïf! Je te reconnais bien là, ma douce sensitive!...
Et quand elle saura que, malgré ma promesse, je suis
seul... Bah! il faudra bien qu'elle soit clémente. Un
tiers assisterait à une pareille entrevue? Non, jamais!...
Mon neveu est prévenu : le dîner est remis à huitaine...
(Il se frotte les mains, satisfait.) Est-ce assez machiavé-
lique!

SCÈNE III

RENÉ, HENRIETTE. *La porte de l'avenue s'ouvre.*
Henriette paraît, blonde, vêtue en demi-deuil, la figure
cachée par un voile qu'elle relève aussitôt. Elle jette un
regard autour d'elle. — Émotion contenue. — Scène
muette de quelques secondes. Puis, en même temps :

HENRIETTE.

René, mon cher René!

RENÉ.

Oh! Henriette! Henriette! *(Ils s'embrassent.)*

HENRIETTE.

Mon cœur bat à se briser... Quelle joie! *(Elle tombe*
presque sur une chaise qu'il lui offre.)

RENÉ.

Ma chère Henriette! Est-ce bien possible! Te voici. C'est toi qui es là, devant moi...

HENRIETTE.

Oh! mon René, je suis si heureuse!... Je vous retrouve... Vous m'attendiez, n'est-ce pas?

RENÉ.

Oui, je t'attendais... depuis le jour où nous nous sommes quittés, ici même... Conte-moi comment tu es arrivée. Dis-moi ta vie; dis-moi tout ce que j'ignore de toi... Tant d'années, un siècle!

HENRIETTE.

Et nous n'avons pas succombé à tant de douleurs! Ah! dans certaines âmes l'affection est vivace.

RENÉ.

Oublions la séparation, puisque nous voici, la main dans la main, pour toujours. Nous avons un avenir calme pour nous dire nos souffrances d'hier. Esclave de l'amour filial, tu n'as pas oublié l'autre amour. Comme je vais t'en remercier à genoux! (Il s'agenouille.)

HENRIETTE.

René! René!... Relevez-vous; soyez raisonnable. Quelqu'un pourrait venir. On se moquerait de nous si l'on vous voyait ainsi. (Il se lève.)

RENÉ.

Rassure-toi, mon Henriette, personne ne viendra; nous sommes bien tout à nous; Geneviève, même...

HENRIETTE.

Ah ! Geneviève, l'excellente Geneviève, qui, jadis...

RENÉ.

Oui... je l'ai priée de me laisser. — Elle prépare le dîner.

HENRIETTE.

Sait-elle que je...

RENÉ.

Je lui ai dit avoir donné rendez-vous à une dame qu'elle ne connaît pas, et, tout à l'heure, elle vient de me faire d'amers reproches sur mon semblant d'infidélité.

HENRIETTE.

La chère femme !... Mais n'aviez-vous pas invité deux de vos parents ? Votre réponse me le disait...

RENÉ.

Oui, tous les ans, à pareille date, mon neveu et sa femme passent la soirée avec moi... Tu le sais — car tu as choisi avec intention ce jour pour nous revoir. — C'est l'anniversaire de notre séparation. Par une singulière coïncidence, c'est aussi mon jour de naissance. Après avoir célébré l'un avec eux, je puis ainsi fêter l'autre tristement, en cachette... Ils m'ont fait dire qu'ils ne peuvent venir, leur petite fille n'étant pas bien portante.

HENRIETTE.

Un enfant ! ils ont un enfant ! La charmante famille, j'en suis sûre. Souvent, vous me parliez d'eux, dans vos lettres.

RENÉ.

La petite est ravissante... C'est un mariage d'amour qu'ils ont fait... Comme devait être... comme sera le nôtre.

HENRIETTE, *songeuse.*

Le nôtre !

RENÉ.

Tout nous sourit enfin.. Vois-tu, nous pourrons bientôt réparer les torts que nous a faits le sort injuste.

HENRIETTE.

Pourquoi caresser ce chimérique projet? Est-ce que nous pouvons recommencer la vie, côte à côte; reprendre, à la page qui s'est refermée sous nos doigts, le beau livre que nous lisions? Non, non, hélas! cela n'est plus possible.

RENÉ.

Si, nous le pouvons. Et la douce union rêvée s'accomplira.

HENRIETTE.

O rêveur que vous êtes!

RENÉ, *une main sur l'épaule d'Henriette.*

Tiens, regarde : les choses, ici, n'ont point changé : voici la maison de mon père, le jardin avec les mêmes arbres, presque les mêmes fleurs; la petite porte, par laquelle tu es entrée, ce soir-là, à la même époque qu'aujourd'hui, après que Geneviève t'eut prévenue. Tu tremblais; je sentais ton cœur battre... Et tes bras se refermaient sur ta poitrine, comme ces plantes sensibles à l'excès, qui replient leurs feuilles au moindre toucher...

HENRIETTE.

Ne rappelez pas cela, René, car c'est un remords
pour moi.

RENÉ.

Un remords?

HENRIETTE.

Oui, je savais qu'il fallait partir; je devais me faire
oublier, plutôt que d'aviver encore notre passion, en
acceptant ce suprême rendez-vous. J'aurais dû avoir
la force de feindre au moins l'indifférence : la raison
le voulait ainsi; notre repos, à tous deux, l'exigeait...
J'ai brisé notre avenir, en nous liant par une solen-
nelle promesse.

RENÉ.

Un repentir, Henriette! un repentir aujourd'hui!...
Quoi donc, ce serment, parmi l'austérité de ton existence sacrifiée, t'aurait-il, une fois, semblé difficile à
tenir? Est-ce pour me punir d'une constance sans
bornes que, lorsque nous évoquons un délicieux
passé, tu ne te sers plus du tutoiement affectueux de
jadis?

HENRIETTE.

Nous tutoyer, à nos âges?

RENÉ.

A nos âges? Ta voix n'a-t-elle pas gardé sa douceur
habituelle? Dans tout ce qui t'entoure, tu ne sens donc
pas vibrer ce que nous y avons laissé de nous-mêmes?

HENRIETTE.

Oh! si, je t'assure. Je ne suis pas sourde à ce que
disent les souvenirs. Mais nous ne pouvons pas ne

20.

vivre que de souvenirs. Oui, tout cela m'émeut, tu le
vois bien. En mettant les pieds sur ce sol qui m'est sacré, puisque nous y avons aimé, tout mon être a frémi.
J'ai tout retrouvé. Le doux fantôme d'alors se serait
élevé contre moi, si j'avais pu oublier. Oui, c'est le
jardin, la maison; à côté, une autre maison, d'où je te
voyais passer, inquiet, craintif, épiant mon regard.
(René la prend par la main et ils parcourent le jardin. Ils arrivent
au fond, devant la statuette de la tonnelle.) Et c'est le même
petit amour qui murmure encore : « Garde à vous! »
en mettant, malicieusement, un doigt sur ses lèvres.
C'est un avertissement. Nous ne l'avons pas écouté,
autrefois; écoutons-le, aujourd'hui... *(En se retournant,*
elle aperçoit le portrait, resté sur la table; elle s'en saisit, en quit-
tant René.) Ah! mon portrait... Tu disais que nous n'é-
tions pas vieillis... Tu n'avais pas bien regardé, René?
C'est donc ainsi que j'étais? *(Avec un sourire pénible.)*
Cette robe à fleurs, a-t-elle assez causé ton admiration!... Vilain, vous avez failli la déchirer, un jour, en
courant après moi!

RENÉ.

C'était dans le parc, au Bosquet d'Apollon, devant
les blanches divinités habillées de marbre, les Muses
qui nous souriaient de leur rocher. Je t'avais rencon-
trée par hasard...

HENRIETTE.

Oh! par hasard!... Sortie seule, j'étais entrée là, en
passant; tu le savais, car tu savais tout...

RENÉ.

Ce fut délicieux. Je te surpris à un tournant d'allée. J'approchai lentement, lentement, retenant mon souffle. Et avant que tu n'eusses le temps de me reconnaître, je t'avais embrassée ainsi. *(Il mime la scène qu'il raconte, saisit Henriette à la taille et la baise au front.)*

HENRIETTE, *se dégageant de son étreinte.*

Ne nous abandonnons pas à ces bonnes choses; nous y succomberions.

RENÉ.

Et quel mal y aurait-il? Tu vois bien que tu es restée toujours pareille, puisque ce rappel du passé te fait palpiter avec violence, puisque tu m'aimes toujours autant.

HENRIETTE.

Écoute-moi, René. Quoique ma joie soit grande de te revoir, je ne peux me défendre de certaines appréhensions. Si nous avions vieilli ensemble, chacun de nous se serait fait au caractère de l'autre, à ses défauts, à ses manies. — Car nous en avons déjà, peut-être. — Si nous devions perdre des illusions, jour à jour, doucement, sans secousse, la vie en commun nous en aurait défleuris... Gardons notre affection telle qu'elle est, car elle est encore rayonnante de beauté. Si notre amour nous est cher, conservons-le ntact, jalousement... Voyons, soyez franc : tout à l'heure encore, n'est-ce pas la jeune fille de qui vous a longtemps parlé cette peinture, que vous souhaitiez voir paraître ici?... Quelle distance sépare d'elle la femme qui est devant vous, à présent!... Oui, conservons à nos souvenirs toute leur poésie embaumée, toüt leur attrait... Je n'ai pas varié un instant : je vous aime, René, vous le savez... Pardonnez-moi si je vous parle ainsi. C'est une preuve du respect dont j'entoure notre tendresse, de craindre de la voir s'amoindrir un jour.

RENÉ, *anxieux, agité.*

Alors, tu veux nous séparer de nouveau? Toi, si longtemps attendue, l'uniquement désirée, pour la première fois, tu me paierais d'une trahison? Dois-je croire — mais non, ce serait trop cruel, vraiment — que quelque nouvelle liaison?...

HENRIETTE.

René! René! que dites-vous là!... Ah! jamais un autre n'a eu le droit de mettre sa main dans cette main où la vôtre s'est posée... Les lettres, je les ai encore, et la boucle de cheveux, et les fleurs, sèches et décolorées maintenant. — Et j'avais sur le front gardé la trace de votre dernier baiser; vous seul, à l'instant, venez de l'effacer par une caresse nouvelle... Vous ne pensiez pas cela. C'est un blasphème!

RENÉ.

C'est qu'en vérité, Henriette, je suis hors de moi : je ne sais quelle douleur inconnue m'accable.

HENRIETTE.

Nous sommes sous le coup de notre émotion. Je n'y puis résister plus que vous. Pour aujourd'hui, je vous en supplie, par la fidélité que je vous ai gardée, abrégeons un entretien qui me brise. (*Elle se cache le visage dans les mains.)* J'ai peur de toi, mon René!... J'ai peur, comme jadis!...

RENÉ, *courant à elle et la tenant étroitement.*

Ah! je savais bien que tu ne pouvais mentir à notre passé, que ton amour était toujours aussi fort; aussi profond.

HENRIETTE.

Quittons-nous, ami, quittons-nous! Tu es trop loyal pour abuser d'une situation semblable... Nous sommes trop vieux pour nous aimer ainsi.

RENÉ, *brusquement, nerveusement.*

Adieu!!!

HENRIETTE.

Ne prononce pas ce mot. Non : au revoir. *(Avec tendresse, doucement.)* Bientôt!

RENÉ.

Et alors... tu resteras?

HENRIETTE.

Alors, nous serons calmes... Et quand je te dirai : « Je te promets de revenir à chaque anniversaire de notre amour, et Dieu sait qu'ils sont nombreux, » tu me comprendras... *(Avec beaucoup d'émotion.)* Au revoir, René! *(Elle va vers la petite porte. Il l'y suit. Elle lui abandonne sa main, qu'il saisit. Il revient brusquement, essayant en vain de cacher ses pleurs, tandis qu'elle le regarde un instant, et, au moment de disparaître, lui envoie un baiser).*

RENÉ, *avec un soupir.*

Au revoir!

SCÈNE IV

RENÉ, *seul*.

Au moment d'être à moi, d'exécuter l'engagement pris par notre jeunesse passionnée... Qui la retient?... O pudeur enfantine! Le temps ne nous a rien enlevé; nous nous retrouvons, l'un et l'autre, avec de pareils sentiments : elle, ayant vécu loin des excitations du monde, cloîtrée presque, avec la même chasteté; moi, avec une ardeur semblable. Ainsi, nous aurions tout enduré, tout subi, et cette félicité nous échapperait!... et par son refus, à elle!... Si encore, pour diminuer mon tourment, je pouvais lui reprocher... Mais non... Ah! je lui en veux presque de cette impitoyable constance!... Elle ne peut s'obstiner à penser ainsi... Quel supplice! Mille idées opposées se pressent dans ma tête... Si, pourtant, elle a peut-être raison. J'ai arrêté mon cœur, ce soir-là : il marque encore vingt-cinq ans, et il y a vingt-cinq ans que je ne les ai plus.

SCÈNE V

GENEVIÈVE et RENÉ.

GENEVIÈVE, *paraît sur le perron. Elle tient une corbeille pleine de couverts et de serviettes. A part.*

Décidément j'enfreins la consigne. Ma foi, tant pis ! Du reste, il est seul... On dirait qu'il pleure. *(Haut.)* Eh bien ! cette dame n'arrive pas ? J'attends toujours : je n'entends pas sonner.

RENÉ.

Je crois qu'en effet on m'a faussé compagnie.

GENEVIÈVE.

Voilà ce que c'est que d'inviter des gens que l'on connaît à peine... Mon dîner rissole ; je vais servir. *(Elle va vers la table.)* Tiens ! le portrait. L'ai-je assez cherché !... J'avais apporté deux couverts...

RENÉ.

Garde-les, tu dîneras avec moi. Je m'étais promis galante société, ce soir.

GENEVIÈVE.

Oui, vous vouliez rire, et vous pleurez... Souffrez-vous ? Allez-vous aussi me brûler la politesse ? Triste fête, alors. Est-il arrivé un malheur ? Dites... dites vite...

C'est d'Henriette qu'il s'agit, n'est-ce pas? Sans cela, vous n'auriez pas les larmes aux yeux.

RENÉ.

Ah! ma bonne Geneviève, c'est la joie et la douleur tout à la fois... Mettons-nous à table; je te contera cela. L'absente est revenue!... C'était la dame en question.

GENEVIÈVE.

Ah! mon Dieu!

RENÉ.

Elle est revenue... et repartie. *(Il montre la porte.)*

GENEVIÈVE.

Et vous avez pu la laisser s'en aller?

RENÉ.

Elle l'exigeait.

GENEVIÈVE.

Quelque enfantillage!... Le bonheur peut donc être aussi mauvais conseiller que la misère?

RENÉ, *il lui prend des mains le portrait.*

Regarde-le une dernière fois... A quoi bon vivre avec ce témoin qui ne me parle que d'illusions? *(A lui-même, en contemplant, avec un sourire attristé, l'image d'Henriette.)* Calme-toi, glace-toi, pauvre cœur qui bouillonnais encore. *(Il va près de la statuette et brise la miniature sur un angle du piédestal.)* Ah! tu n'entretiendras plus ma folie!

GENEVIÈVE.

Que faites-vous?

RENÉ.

Tu le vois : un sacrifice sur l'autel de cette divinité
surannée.

GENEVIÈVE.

Quoi ! Ce que vous adoriez !... Mais c'est un sacri-
lège... Je ne le souffrirai pas. *(Elle ramasse les débris.)*
Cela peut se réparer... Je suis là... Le cadre seul est
endommagé.

RENÉ.

Pourras-tu, sur ces fleurs que l'automne vient de
toucher, ramener les couleurs du printemps ?

GENEVIÈVE.

Eh ! peut-être... Qui sait ?...

RENÉ.

Non, l'amour est une coquetterie de jeunesse ; l'âge
venu, sous peine de paraître ridicule, il faut savoir y
renoncer.

GENEVIÈVE.

Bon ! des phrases de livres... Pourquoi n'ai-je pas
eu l'idée d'arriver plus tôt ? Le retour vous fait
perdre la raison, à tous deux. Ah ! grands enfants...
Voyons, asseyez-vous ici... Pensez : j'ai mon ambition aussi, moi. Vous voulez donc me voir mourir, sans
que... Ah ! mais non, ce rêve-là, je ne m'en irai pas
avant de l'avoir réalisé.

RENÉ.

Eh bien ! oui, va !... Ce que tu n'as pu réussir autrefois, fais-le maintenant... Elle, comme moi, t'en saura gré, t'en bénira, j'en suis sûr!... Songe au menu de jour-là, ma vieille!... Le dessert, c'est la tendresse qui nous le prépare!!!

TABLE

TABLE

Achevé d'imprimer

le vingt-neuf mai mil neuf cent huit

PAR

ALPHONSE LEMERRE

6, RUE DES BERGERS, 6

A PARIS

4785.